TRANZLATY

El idioma es para todos

Язык для всех

La Transformación
(*La Metamorfosis*)
Превращение

Franz Kafka
Франц Кафка

Español
Русский

www.tranzlaty.com

Primera parte
Часть первая

**Gregorio Samsa se despertó una mañana de un sueño
intranquilo.**
Грегор Замза однажды утром проснулся от тревожных
снов.
Se encontró en su cama, pero incapaz de moverse.
Он обнаружил себя в постели, но не мог пошевелиться.
Se había transformado en una alimaña monstruosa.
Он превратился в чудовищное насекомое.
**Estaba acostado boca arriba, sobre su espalda, que estaba
dura como una armadura.**
Он лежал на спине, которая была твердой, как броня.
Levantando un poco la cabeza podía ver su barriga.
Слегка приподняв голову, он смог увидеть свой живот.
Pero su vientre estaba abovedado y dividido en segmentos.
Но его живот был куполообразным и разделён на
сегменты.
La manta descansaba encima de su vientre redondeado.
Одеяло лежало на его округлом животе.
Pero la manta estaba a punto de caerse por completo.
Но одеяло почти полностью сползло вниз.
**Sus piernas eran lamentables comparadas con su tamaño
habitual.**
Его ноги выглядели жалко по сравнению с их обычным
размером.
Y sus muchas piernas se movían impotentes ante sus ojos.
И его многочисленные ноги беспомощно мелькали перед
глазами.
"¿Qué me ha pasado?" pensó para sí.
«Что со мной случилось?» — подумал он про себя.
Pero no era un sueño del que no pudiera despertar.
Но это был не тот сон, от которого он не мог проснуться.
En realidad era su propia habitación la que él se encontraba.
Он действительно оказался в своей собственной комнате.

Un auténtico espacio para humanos, aunque un poco pequeño.

Комната вполне пригодна для проживания людей, но немного тесновата.

Él yacía tranquilamente entre las cuatro paredes conocidas.

Он спокойно лежал между четырьмя хорошо знакомыми стенами.

Sobre la mesa había una colección de muestras textiles.

На столе лежала коллекция образцов текстиля.

Samsa era un vendedor ambulante, de ahí las muestras.

Самса был коммивояжером, отсюда и образцы.

Encima de las muestras textiles desmontadas había una imagen.

Над разобранными образцами текстиля висело изображение.

Recientemente había recortado la imagen de una revista.

Он недавно вырезал эту картинку из журнала.

Había colocado el cuadro en un bonito marco dorado.

Он поместил картину в красивую позолоченную раму.

El cuadro enmarcado mostraba a una dama sentada erguida.

На картине в рамке была изображена женщина, сидящая прямо.

Llevaba un gorro de piel y tenía un manguito de piel.

На ней была меховая шапка и меховая муфта.

Ella estaba levantando su mano hacia el espectador de la imagen.

Она поднимала руку в сторону зрителя, рассматривающего фотографию.

Todo su antebrazo desapareció dentro de su pesado manguito de piel.

Вся её предплечье утонула в тяжёлой меховой муфте.

Gregor miró por la ventana el clima gris.

Грегор смотрел в окно на пасмурную погоду.

Se podía oír fuertes gotas de lluvia golpeando la ventana.

Было слышно, как крупные капли дождя ударяются о окно.

El clima gris lo hacía sentir muy melancólico.

Серая погода повергла его в глубокую меланхолию.

"¿Qué tal si duermo un poco más?" pensó.

«А может, поспать ещё немного?» — подумал он.

"Dormir más podría ayudarme a olvidar estas tonterías".

«Побольше сна, возможно, поможет мне забыть эту чепуху».

Pero dormir más era completamente inviable.

Но спать дольше было совершенно невозможно.

Porque estaba acostumbrado a dormir sobre su lado derecho.

Потому что он привык спать на правом боку.

Pero su estado actual le impedía realizar sus movimientos habituales.

Однако его нынешнее состояние не позволяло ему совершать обычные передвижения.

No tenía forma de llegar a esa posición.

У него не было никакой возможности оказаться в таком положении.

Intentó con todas sus fuerzas lanzarse hacia su lado derecho.

Он изо всех сил пытался перевернуться на правый бок.

Probablemente intentó este movimiento cientos de veces.

Вероятно, он пытался выполнить это движение сотни раз.

Pero él siempre volvía a la posición supina.

Но он неизменно возвращался в положение лежа на спине.

Cerró los ojos para no ver sus piernas inquietas.

Он закрыл глаза, чтобы не видеть свои беспокойно ерзающие ноги.

Al final el dolor le impidió intentarlo de nuevo.

В конце концов, боль помешала ему предпринять еще одну попытку.

Un dolor sordo en el costado que nunca había sentido antes.

Он почувствовал тупую боль в боку, которую никогда раньше не испытывал.

«Oh Dios», pensó desesperado Gregorio Samsa.

«О Боже», — отчаянно подумал про себя Грегор Замза.

¡Qué profesión tan agotadora he elegido para mí!

«Какую же сложную профессию я для себя выбрала!»

"Día tras día tengo que viajar por trabajo".

«Изо дня в день мне приходится ездить по работе».

"El trabajo de oficina es mucho más fácil que trabajar fuera de casa".

«Работа в офисе намного проще, чем работа в дороге».

"Y tengo la maldición de tener que viajar."

«И на мне лежит проклятие постоянного путешествия».

"Todas las preocupaciones por llegar a tiempo a los trenes."

«Все эти переживания по поводу того, чтобы вовремя успеть на поезд».

"Mis horarios de comida son irregulares y la comida es mala".

«Время приема пищи у меня нерегулярное, и еда невкусная».

"Mis amigos siempre están cambiando de ciudad en ciudad."

«Мои друзья постоянно меняются, переезжая из города в город».

"Las interacciones que tengo son frías y profesionales".

«Мои взаимодействия с окружающими носят холодный и профессиональный характер».

"¡Dejad que el Diablo se divierta con este tipo de trabajos!"

«Пусть дьявол развлекается такой работой!»

Sintió un ligero picor en la parte superior del estómago.

Он почувствовал лёгкий зуд в верхней части живота.

Se apoyó contra el poste de la cama, con la espalda.

Он прижался спиной к изголовью кровати.

Quería poder levantar mejor la cabeza.

Он хотел иметь возможность лучше поднимать голову.

Encontró el punto que le picaba y le molestaba.

Он обнаружил зудящее место, которое его беспокоило.

Su cabeza parecía estar cubierta de pequeños puntos blancos.

Его голова была покрыта мелкими белыми точками.

No podía decir qué eran esos pequeños puntos blancos.

Что это были за маленькие белые точки, он сказать не мог.

Había planeado tocar el lugar con una de sus piernas.

Он планировал коснуться этого места одной из ног.

Pero cuando tocó el lugar sintió un extraño escalofrío.

Но когда он прикоснулся к этому месту, то почувствовал странный холодок.

Entonces inmediatamente retiró la pierna del lugar.

Поэтому он тут же отдернул ногу от этого места.

No tuvo más remedio que aceptar la sensación de picazón.

Ему ничего не оставалось, как смириться с зудом.

Y volvió a su posición anterior en la cama.

И он вернулся в прежнее положение в постели.

"Despertarse tan temprano realmente te vuelve bastante estúpido".

«Просыпаться так рано — это действительно глупо».

"Un hombre debe dormir lo suficiente", pensó.

«Человеку нужно высыпаться», — подумал он про себя.

"Los demás vendedores ambulantes viven una vida de lujo."

«Остальные коммивояжеры живут в роскоши».

"Por la mañana transfiero los pedidos que he recibido."

«Утром я перевожу полученные заказы».

"Mientras tanto esos señores todavía están desayunando."

«Тем временем эти господа всё ещё завтракают».

"Imagínese si intentara hacer eso con mi jefe".

«Только представьте, что было бы, если бы я попытался сделать это со своим начальником».

"Me despediría antes de terminar mi desayuno."

«Он увольнял меня ещё до того, как я успевал доесть завтрак».

"Pero quizá eso tampoco sería lo peor."

«Но, возможно, это тоже не будет худшим вариантом».

"El problema es que mis padres me están frenando".

«Проблема в том, что родители меня сдерживают».

"Si no fuera por ellos ya habría dimitido."

«Если бы не они, я бы уже давно подал в отставку».

"Me habría enfrentado al jefe y se lo habría dicho".

«Я бы выступил против босса и сказал ему об этом».

"Diría exactamente lo que pienso de él y del trabajo".

«Я бы высказал именно то, что думаю о нем и о его работе».

"¡Se caería del escritorio si le contara todo!"

«Он бы упал со стола, если бы я ему всё рассказала!»

"Es muy extraña la forma en que se sienta en su escritorio".

«Очень странно, как он сидит за своим столом».

"La forma en que habla con sus subordinados no es correcta".

«Он разговаривает со своими подчиненными неправильно».

"Y lo peor es que su audición es muy pobre".

«И самое ужасное, что у него очень плохой слух».

"Así que no te queda otra opción que sentarte muy cerca de él."

«Поэтому у вас нет другого выбора, кроме как сидеть очень близко к нему».

Pero dicho todo esto, la esperanza no está completamente perdida todavía.

«Но, несмотря на все вышесказанное, надежда еще не совсем потеряна».

"Ahorraré el dinero para pagar la deuda de mis padres".

«Я буду копить деньги, чтобы погасить долг родителей».

"No puedo hacer nada mientras todavía le deban dinero".

«Я ничего не могу сделать, пока они ему должны деньги».

"Pero cuando la deuda esté pagada definitivamente lo haré."

«Но когда долг будет погашен, я обязательно это сделаю».

"Probablemente tomará otros cinco o seis años."

«Вероятно, на это потребуется еще пять-шесть лет».

"Sí, entonces definitivamente se hará la gran separación".

«Да, тогда масштабное разделение обязательно состоится».

"Por el momento, sin embargo, debo levantarme de la cama."

«Однако на данный момент мне нужно встать с постели».

"Porque mi tren sale a las cinco en punto."

«Потому что мой поезд отправляется в пять часов».

Gregor miró el despertador que sonaba sobre la mesa.

Грегор смотрел на тиканье будильника на столе.

"¡Padre Celestial!" pensó al ver la hora.

"Небесный Отец!" — подумал он, взглянув на часы.

Las seis y media ya habían pasado silenciosamente.

Половина шестого уже тихо прошла.

Y las manecillas del reloj seguían avanzando.

И стрелки часов продолжали двигаться вперед.

Y ahora se acercaba la cuarta hora menos cuarto.

Время приближалось к без пятнадцати семи.

"¿Quizás la alarma no sonó para despertarme?", pensó.

«Может, будильник просто не сработал, чтобы меня разбудить?» — подумал он.

Desde la cama Gregor inspeccionó el despertador.

Грегор, лежа на кровати, осмотрел будильник.

El despertador estaba programado exactamente para las cuatro.

Будильник был правильно установлен на четыре часа.

No podía explicarlo, pero la alarma debió haber sonado.

Он не мог это объяснить, но, должно быть, сработала тревога.

"¿Cómo pude dormirme a pesar de la alarma sin darme cuenta?"

«Как я мог проспать будильник, ничего не заметив?»

Cuando suena la alarma incluso sacude los muebles.

Когда срабатывает сигнализация, она даже сотрясает мебель.

Sabía que su sueño no había sido para nada tranquilo.

Он понимал, что его сон был отнюдь не спокойным.

Pero quizá por eso su sueño era mucho más profundo.

Но, возможно, именно поэтому он спал гораздо глубже.

Tenía que pensar qué debía hacer ahora.

Ему нужно было обдумать, что ему следует делать дальше.

El siguiente tren no salía hasta las siete.

Следующий поезд отправился только в семь часов.

Coger ese tren sería casi imposible.

Успеть на этот поезд было бы практически невозможно.

Y aún no había empacado los textiles que necesitaba.

А он еще не упаковал необходимые ему ткани.

Tampoco se sentía especialmente fresco y ágil.

Он также не чувствовал себя особенно бодрым и подвижным.

Quizás había una posibilidad de subir al tren.

Возможно, был шанс попасть на поезд.

Pero de todas formas, un regaño por parte del jefe era inevitable.

Но выговор от начальника был неизбежен в любом случае.

El empleado habría subido al tren de las cinco.

Продавец сел бы на поезд, отправляющийся в пять часов.

El oficinista era una criatura sin carácter del jefe.

Офисный клерк был бесхребетным порождением босса.

Así que la ausencia de Gregor ya habría sido informada.

Таким образом, об отсутствии Грегора уже было бы сообщено.

"¿Qué pasa si llamo para avisar que estoy enfermo?" Gregor estaba pensando.

«А что, если я позвоню и скажу, что заболел?» — подумал Грегор.

Pero eso sería extremadamente embarazoso y sospechoso.

Но это было бы крайне неловко и подозрительно.

Gregor nunca había estado enfermo durante el tiempo que trabajó allí.

За все время работы там Грегор ни разу не болел.

Y ya les había dado cinco años de servicio.

А ведь он уже отслужил им пять лет.

Lo más probable era que el jefe viniera a ver cómo estaba.

Вероятнее всего, начальник придет его проведать.

Probablemente traería al médico del seguro médico.

Вероятно, он приведёт с собой врача, работающего по медицинской страховке.

Y culparía a los padres por la pereza de su hijo.

И он винил бы родителей в лени их сына.

No podrían hacerle ninguna objeción.

Они не смогли бы ему возразить.

Porque para él sólo había dos clases de trabajadores.

Потому что для него существовали только два типа работников.

O bien los trabajadores estaban completamente sanos o bien eran reacios al trabajo.

Либо рабочие были совершенно здоровы, либо ленивы.

¿Y estaría equivocado en ese análisis básico?

И разве он ошибался бы в этом элементарном анализе?

Ciertamente, en este caso tenía un argumento sólido.

Безусловно, в данном случае у него были веские аргументы.

A pesar de su apariencia, Gregor en realidad se sentía bastante bien.

Несмотря на свой внешний вид, Грегор чувствовал себя на самом деле довольно хорошо.

El sueño innecesariamente largo lo dejó un poco somnoliento.

Из-за неоправданно долгого сна он немного заснул.

Pero aparte de eso no podía quejarse de enfermedad.

Но помимо этого, он не мог пожаловаться на болезнь.

Incluso sintió un hambre especialmente fuerte y saludable.

Он даже испытывал особенно сильный и полезный для здоровья голод.

Mientras pensaba estos pensamientos el reloj volvió a sonar.

Пока он размышлял об этом, часы снова пробили.

Según la alarma eran ya las siete menos cuarto.

Согласно сообщению тревоги, было уже без пятнадцати семь.

Y ahora también se oyó un suave golpe en la puerta.

И тут раздался тихий стук в дверь.

—Gregor —lo llamó alguien. Era la madre.

«Грегор», — окликнул его кто-то, это была мать.

"Son las siete menos cuarto", confirmó la alarma.

«Сейчас без пятнадцати семь», — подтвердила она тревогу.

¿No querías irte?, preguntó la suave voz.

«Разве ты не хотел уйти?» — спросил мягкий голос.

Gregor se asustó cuando oyó su voz respondiendo.

Грегор испугался, услышав ответный голос.

La voz seguía siendo la voz que siempre tuvo.

Голос оставался тем же самым, каким он всегда был.

Pero ahora había un nuevo sonido mezclado en su voz.

Но теперь в его голосе появился новый оттенок.

Desde lo más profundo de él también salió un doloroso chillido.

Из глубины его души тоже вырвался болезненный писк.

Al principio su voz parecía formar palabras con claridad.

Поначалу казалось, что он четко произносит слова.

Pero entonces Gregor escuchó el eco mental de su voz.

Но тут Грегор услышал мысленное эхо его голоса.

La grabación de su voz se interrumpió de una manera extraña.

Запись его голоса прервалась странным образом.

Y no estaba seguro de si había escuchado las cosas correctamente.

И он не был уверен, правильно ли он всё расслышал.

Gregor sintió un profundo deseo de dar una respuesta detallada.

Грегор испытывал сильное желание дать подробный ответ.

Quería explicarle todo claramente a su madre.

Он хотел всё подробно объяснить своей матери.

Pero, dadas las circunstancias, tuvo que limitarse.

Но, учитывая обстоятельства, ему пришлось себя ограничить.

Y respondió mucho más breve de lo que le hubiera gustado.

И он ответил гораздо короче, чем ему хотелось бы.

-Sí madre, no te preocupes, gracias, ya estoy levantado.

«Да, мама, не волнуйся, спасибо, я уже встала».

La puerta de madera probablemente ayudó a amortiguar su voz.

Вероятно, деревянная дверь помогала заглушить его голос.

Desde fuera el cambio en la voz de Gregor pasó desapercibido.

Снаружи изменение в голосе Грегора осталось незамеченным.

La madre pareció estar satisfecha con su explicación.

Мать, похоже, осталась довольна его объяснением.

Y ella se fue de nuevo tan silenciosamente como había llegado.

И она ушла так же тихо, как и пришла.

Pero la pequeña conversación tuvo un efecto no deseado.

Но этот короткий разговор имел нежелательный эффект.

Llamó la atención de los demás miembros de la familia.

Он привлёк внимание других членов семьи.

Gregor todavía estaba en casa y no había ido a trabajar.

Грегор всё ещё был дома и не пошёл на работу.

Y ahora el padre también llamó a la puerta lateral.

И тут отец тоже постучал в боковую дверь.

Golpeó débilmente, pero decidido, con el puño.

Он слабо, но решительно постучал кулаком.

—Gregor, Gregor —gritó—, ¿cuál es el problema?

«Грегор, Грегор, — позвал он, — в чём дело?»

Al cabo de un rato volvió a advertir con voz más grave.

Спустя некоторое время он снова предупредил более низким голосом.

Pero ahora la hermana llamó a la puerta del otro lado.

Но тут сестра постучала в дверь с другой стороны.

"¿Gregor? ¿No te encuentras bien?", preguntó en voz baja.

«Грегор? Тебе плохо?» — тихо спросила она.

"¿Necesitas algo?" preguntó preocupada.

«Вам что-нибудь нужно?» — обеспокоенно спросила она.

Gregor respondió a ambas partes: "Ya he terminado".

Грегор ответил обеим сторонам: «Я уже закончил».

Había hecho todo lo posible para pronunciar todas las palabras con cuidado.

Он изо всех сил старался произносить все слова тщательно.

Y eliminó todo lo que era llamativo en su voz.

И он убрал все лишнее излишнее из своего голоса.

El padre también parecía satisfecho con la respuesta.

Отец, похоже, тоже остался доволен ответом.

Y regresó a su desayuno inacabado.

И он вернулся к своему недоеденному завтраку.

Pero la hermana susurró: "Gregor, ábreme, te lo ruego".

Но сестра прошептала: «Грегор, открой рот, умоляю тебя».

Pero su preocupación por él no podía conmoverlo de ninguna manera.

Но её забота о нём никак не могла его тронуть.

Gregor no tenía intención de abrirle la puerta.

Грегор не собирался открывать ей дверь.

Había adquirido algunos hábitos de cautela al viajar.

Во время путешествий у него выработались некоторые осторожные привычки.

Y se alababa a sí mismo por haber cerrado las puertas.

И он хвалил себя за то, что запер двери.

Primero quiso levantarse tranquilamente y a su propio ritmo.

Сначала он хотел спокойно встать в удобное для себя время.

Y sin que nadie le molestara quiso vestirse.

И, не желая, чтобы его беспокоили, он хотел одеться.

Una vez logrado esto, quiso entonces desayunar.

После этого он захотел позавтракать.

Sólo entonces quiso reflexionar más sobre la situación.

Только после этого он решил более подробно обдумать ситуацию.

Sabía que no tenía sentido hacer planes en la cama.

Он понимал, что нет смысла строить планы в постели.

Sería imposible llegar a una conclusión sensata.

Прийти к разумному выводу было бы невозможно.

Había habido otras ocasiones en las que se despertó con dolores leves.

Бывали и другие случаи, когда он просыпался с лёгкой болью.

Estos dolores siempre resultaban ser pura imaginación.

Эти страдания всегда оказывались чистой фантазией.

Al levantarme de la cama el dolor invariablemente desaparecía.

Когда я вставал с постели, боль неизменно исчезала.

Tenía curiosidad por ver qué pasaría con esas ideas.

Ему было любопытно посмотреть, что произойдет с этими идеями.

El cambio en su voz probablemente se debió sólo a un resfriado.

Изменение в его голосе, вероятно, было вызвано просто простудой.

Los resfriados son simplemente un riesgo laboral para los viajeros.

Для путешественников простуда — это всего лишь профессиональный риск.

No tenía ninguna duda de que ésa era la explicación lógica.

Он нисколько не сомневался, что это было логичное объяснение.

Logró quitarse la manta de encima con facilidad.

Снять с себя одеяло ему удалось без труда.

Lo único que tenía que hacer era inhalar e inflarse.

Ему нужно было всего лишь вдохнуть и надуть себя.

La manta se deslizó de su cuerpo y cayó al suelo.

Одеяло соскользнуло с его тела на пол.

Su cuerpo increíblemente ancho dificultaba otras cosas.

Его невероятно широкое телосложение создавало трудности и в других отношениях.

Habría necesitado brazos y manos para ponerse de pie.

Ему понадобились бы руки, чтобы встать.

Pero ya no tenía las extremidades que solía tener.

Но у него уже не было тех конечностей, что были раньше.

En lugar de brazos y manos tenía muchas piernas pequeñas.

Вместо рук у него было множество маленьких ножек.

Y sus piernas se movían constantemente, sin su control.

И его ноги постоянно двигались, без его контроля.

Intentó doblar una pierna, pero en lugar de eso se estiró.

Он попытался согнуть одну ногу, но она вместо этого вытянулась.

Finalmente logró controlar una pierna.

В конце концов ему удалось взять под контроль одну ногу.

Pero luego se liberó el movimiento de las otras piernas.

Но затем движение остальных ног возобновилось.

Y todas sus piernas se crisparon de extrema excitación.

И все его ноги дернулись от крайнего возбуждения.

Primero quería sacar la parte inferior de su cuerpo de la cama.

Сначала он хотел вытащить нижнюю часть тела из постели.

Pero en realidad aún no había visto la parte inferior de su cuerpo.

Но он еще не видел его нижнюю часть тела.

Y, de todas formas, resultó demasiado difícil mover esta pieza.

И в любом случае, переместить эту деталь оказалось слишком сложно.

Finalmente, con todas sus fuerzas, realizó un movimiento salvaje.

Наконец, собрав все свои силы, он сделал одно необдуманное движение.

Sin más vacilación, avanzó.

Без дальнейших колебаний он двинулся вперед.

Pero había elegido la dirección equivocada.

Но он выбрал неверное направление движения.

Golpeó violentamente su cuerpo contra el poste inferior de la cama.

Он с силой ударился телом о нижнюю часть кровати.

El dolor ardiente que sintió le enseñó una valiosa lección.

Жгучая боль, которую он испытал, преподала ему ценный урок.

La parte inferior de su cuerpo era quizás más sensible.

Возможно, нижняя часть его тела была более чувствительной.

Entonces intentó sacar primero la parte superior del cuerpo de la cama.

Поэтому он попытался сначала подняться с постели, опираясь на верхнюю часть тела.

Giró cuidadosamente la cabeza en la dirección correcta.

Он осторожно повернул голову в нужном направлении.

Y pronto su cabeza estaba mirando hacia el borde de la cama.

И вскоре его голова оказалась повернута к краю кровати.

Este movimiento cauteloso en realidad fue fácil para él.

Это осторожное движение далось ему на самом деле легко.

Y su anchura y peso no detuvieron su movimiento.

И его ширина и вес не мешали ему двигаться.

La masa de su cuerpo siguió lentamente el giro de la cabeza.

Масса его тела медленно менялась вслед за поворотом головы.

Pero luego sostuvo su cabeza sobre el borde de la cama.

Но затем он свесил голову с края кровати.

Y se enfrentó a un nuevo miedo en el que aún no había pensado.

И он столкнулся с новым страхом, о котором раньше даже не задумывался.

Avanzar más por este camino podría ser peligroso.

Дальнейшее продвижение в этом направлении может быть опасным.

Había pensado que simplemente se dejaría caer.

Он думал, что просто позволит себе упасть.

Pero sería un milagro si no se lesionara la cabeza.

Но было бы чудом, если бы он не повредил голову.

Ahora no era el momento de arriesgarse a perder el conocimiento.

Сейчас было не время рисковать потерей сознания.

Quizás sería mejor quedarse en la cama después de todo.

Возможно, все-таки лучше остаться в постели.

Pero luego tuvo que hacer el mismo esfuerzo para regresar.

Но затем ему пришлось приложить те же усилия, чтобы вернуться.

Después de todo ese esfuerzo él estaba tendido allí igual que antes.

После всех этих усилий он лежал там, как и прежде.

Y ahora sus piernas parecían incluso más enojadas que antes.

А теперь его ноги казались еще более воспаленными, чем прежде.

Los movimientos de sus piernas se habían vuelto aún más incontrolables.
Движения его ноги стали еще более неконтролируемыми.
No veía manera de salir de la situación en la que se encontraba.
Он не видел выхода из сложившейся ситуации.
De este caos no fue posible sacar la paz ni el orden.
Из этого хаоса невозможно было установить мир и порядок.
Pero sabía que quedarse en la cama tampoco era una opción.
Но он понимал, что оставаться в постели тоже не вариант.
Sacrificarlo todo era la opción más sensata.
Пожертвовать всем было самым разумным решением.
Se aferró a la más mínima esperanza de levantarse de la cama.
Он цеплялся за малейшую надежду встать с постели.
Si lo hubiera conseguido, todo riesgo habría valido la pena.
Если бы ему это удалось, весь риск оправдался бы.
Pero al mismo tiempo también recordó algo más.
Но одновременно он вспомнил и кое-что ещё.
"Mejores que decisiones desesperadas son reflexiones tranquilas."
«Спокойные размышления лучше, чем отчаянные решения».
Con todo su esfuerzo centró su mirada en la ventana.
Он изо всех сил сосредоточил взгляд на окне.
Pero lo que vio le trajo poca confianza y alegría.
Но увиденное не внушило ему ни уверенности, ни радости.
La niebla de la mañana cubría toda la estrecha calle.
Утренний туман окутал всю узкую улицу.
El despertador volvió a sonar; ahora eran las siete.
Будильник снова зазвонил; теперь было семь часов.
"Ya son las siete y todavía hay mucha niebla."
«Уже семь часов, а туман всё ещё стоит».
Durante un rato permaneció en silencio, respirando débilmente.

Некоторое время он лежал спокойно, дыша лишь слабо.

Quizás un poco de quietud traería algo de normalidad.

Возможно, тишина помогла бы вернуть ощущение нормальности.

Un silencio absoluto podría provocar las condiciones reales.

Полная тишина могла бы создать реальные условия.

Pero antes de que el reloj volviera a sonar, rompió el silencio.

Но прежде чем часы снова пробили, он нарушил молчание.

"Antes de que el reloj vuelva a sonar, debo levantarme de la cama."

«Прежде чем часы снова пробьют, я должен встать с постели».

"Para entonces tengo que estar totalmente fuera de la cama."

«К этому времени я обязательно должен полностью встать с постели».

"Después de las siete y cuarto la oficina enviará a alguien."

«После четверти седьмого офис пришлёт кого-нибудь».

"Porque la oficina abrió antes de las siete."

«Потому что офис открылся до семи часов».

Y ahora empezó a balancear su cuerpo fuera de la cama.

И тут он начал раскачиваться, поднимаясь с кровати.

Había abandonado el centrarse en la parte superior o inferior de su cuerpo.

Он перестал сосредотачиваться на верхней или нижней части тела.

Todo el largo de su cuerpo tuvo que salir de la cama.

Ему пришлось полностью оторваться от кровати.

Caer de esa manera debería proteger su cabeza, pensó.

Он подумал, что такое падение должно защитить ему голову.

Había planeado levantar la cabeza cuando cayera al suelo.

Он планировал поднять голову, когда упадет на землю.

La parte posterior de su cuerpo parecía lo suficientemente dura para el impacto.

Задняя часть его тела казалась достаточно твердой, чтобы выдержать удар.

Y la alfombra estaba allí para suavizar el aterrizaje.

А ковер был нужен, чтобы смягчить приземление.

Sin embargo, su mayor preocupación era el fuerte ruido.

Однако больше всего его беспокоил громкий шум.

El ruido estrepitoso asustaría a todos en la casa.

Грохот мог напугать всех в доме.

Quizás no les daría miedo el ruido fuerte.

Возможно, их не испугал бы громкий шум.

Pero seguramente se preocuparían si oyeran eso.

Но они наверняка забеспокоились бы, услышав об этом.

Pero había que correr el riesgo de llamar la atención.

Но риск привлечь внимание был неизбежен.

El nuevo método era más un juego que un esfuerzo.

Новый метод больше походил на игру, чем на серьезную работу.

Tuvo que balancear su cuerpo con movimientos bruscos y espasmódicos.

Ему приходилось резко и отрывисто раскачивать тело.

Gregor ya estaba medio levantado de la cama.

Грегор уже наполовину встал с кровати.

Ahora se le ocurrió una idea nueva.

И тут ему в голову пришла новая мысль.

"Todo sería tan fácil si alguien viniera en mi ayuda."

«Всё было бы так просто, если бы кто-нибудь пришёл мне на помощь».

"Dos personas fuertes serían suficientes."

«Двух сильных людей будет вполне достаточно».

Su padre y la criada serían lo suficientemente fuertes.

Его отец и служанка будут достаточно сильны.

Sólo tendrían que deslizar los brazos bajo su espalda.

Им оставалось лишь просунуть руки ему под спину.

Y luego pudieron sacarlo fácilmente de la cama.

А потом они без труда могли бы вытащить его из постели.

Quizás habrían tenido que bajarle el peso poco a poco.

Возможно, им пришлось бы постепенно снижать его вес.

Ojalá entonces las piernas hubieran encontrado su propósito.

Надеюсь, тогда ноги нашли бы своё предназначение.

¿No sería mejor después de todo pedir ayuda?

"А не лучше ли в итоге позвать на помощь?"

El problema, por supuesto, era que había cerrado las puertas.

Проблема, конечно, заключалась в том, что он запер двери.

Había algo en ese pensamiento que le hacía cosquillas.

В этой мысли было что-то такое, что его заинтриговало.

Y a pesar de sus dificultades, no pudo evitar esbozar una sonrisa.

И несмотря на все трудности, он не смог сдержать улыбку.

Ya estaba cerca de perder el equilibrio.

Он уже был близок к тому, чтобы потерять равновесие.

Cada movimiento lo acercaba más a caerse de la cama.

С каждым взмахом он приближался к тому, чтобы упасть с кровати.

Pronto tendría que tomar la decisión final.

Вскоре ему предстояло принять окончательное решение.

En cinco minutos serían las siete y cuarto.

Через пять минут должно было быть уже четверть седьмого.

Mientras pensaba estos pensamientos, sonó el timbre.

Пока он размышлял об этом, зазвонил дверной звонок.

"Es alguien de la oficina", se dijo.

«Это кто-то из офиса», — подумал он про себя.

Y casi se quedó paralizado de miedo ante la visita.

И он чуть не застыл от страха перед этим посетителем.

Sus piernas bailaron aún más salvajemente que antes.

Его ноги двигались еще более неистово, чем прежде.

Pero luego, por un momento, todo quedó en silencio.

Но затем на мгновение все затихло.

"No abrirán la puerta", se dijo Gregor.

«Они не откроют дверь», — подумал Грегор про себя.

Todavía estaba atrapado en una esperanza sin sentido.

Он всё ещё был охвачен какой-то бессмысленной надеждой.

Pero luego, por supuesto, la criada se dirigió a la puerta.

Но тут, разумеется, к двери подошла горничная.

Y como siempre, le abrió la puerta al visitante.

И, как всегда, она открыла дверь посетителю.

A Gregor le bastó con oír el primer saludo del visitante.

Грегору достаточно было услышать первое приветствие посетителя.

Pudo saber inmediatamente quién había venido a buscarlo.

Он сразу понял, кто пришел за ним.

El propio jefe de oficina había venido a ver cómo estaba Samsa.

Главный клерк сам пришел проведать Самсу.

¿Por qué Gregor fue el único condenado a este destino?

Почему только Грегор был обречен на такую участь?

¿Por qué sólo él tuvo que servir en tal organización?

Почему только он должен был служить в такой организации?

El más mínimo descuido despertaba inmediatamente sospechas.

Малейшая оплошность немедленно вызывала подозрение.

¿Todos los empleados que trabajaban allí eran unos sinvergüenzas?

Все ли работавшие там сотрудники были негодяями?

¿No había entre ellos ninguna persona fiel y devota?

Неужели среди них не было ни одного верного и преданного человека?

¿No podrían haber enviado simplemente un aprendiz?

Разве они не могли просто прислать ученика?

¿Era realmente necesario todo este cuestionamiento?

А были ли все эти вопросы вообще необходимы?

¿El representante autorizado tenía que venir personalmente?

Должен ли был уполномоченный представитель приехать лично?

¿Había que informar a toda la familia inocente?

Нужно ли было сообщать обо всем невиновном члене семьи?

Todas estas consideraciones impulsaron a Gregor a actuar.

Все эти соображения подтолкнули Грегора к действиям.

Se levantó de la cama con todas sus fuerzas.

Он изо всех сил выпрыгнул из постели.

Se escuchó un fuerte estallido, pero no era realmente un ruido.

Раздался громкий хлопок, но это был не совсем шум.

La caída había sido ligeramente suavizada por la alfombra.

Падение было слегка смягчено ковром.

Su espalda era más elástica de lo que Gregor había pensado.

Его спина оказалась более эластичной, чем предполагал Грегор.

Así que el sonido era más apagado y no tan perceptible.

Поэтому звук стал более приглушенным и не таким заметным.

Pero no había cuidado su cabeza durante la caída.

Но во время падения он не позаботился о своей голове.

Y cuando golpeó el suelo también se golpeó la cabeza.

А когда он упал на землю, то ещё и головой ударился.

Se frotó la cabeza contra la alfombra con rabia y dolor.

Он в гневе и боли потёрся головой о ковёр.

Pero el gerente de la habitación de al lado escuchó el ruido.

Но менеджер в соседней комнате услышал шум.

"Algo cayó allí", observó correctamente.

«Там что-то упало», — справедливо заметил он.

Gregor intentó imaginarse al gerente en su situación.

Грегор попытался представить себе менеджера в его ситуации.

"¿Podría pasarle lo mismo a él?" se preguntó.

«Может ли с ним случиться то же самое?» — подумал он.

Aceptó que este extraño acontecimiento pudiera ser posible.

Он смирился с мыслью, что это странное событие вполне возможно.

Y entonces el jefe de oficina dio unos pasos hacia la habitación.

Затем главный клерк сделал несколько шагов в комнату.

Fue casi una respuesta burda a la pregunta que hizo.

Это был почти грубый ответ на заданный им вопрос.

Sus botas de cuero crujieron cuando se acercó a la puerta.

Когда он приблизился к двери, его кожаные ботинки заскрипели.

Desde la habitación de su derecha su criada le susurró:

Из комнаты справа от него его служанка что-то прошептала ему.

Gregor, el representante autorizado está aquí.

«Грегор, уполномоченный представитель здесь».

—Lo sé —dijo Gregor, pero sólo en voz baja, para sí mismo.

«Знаю», — сказал Грегор, но лишь тихо про себя.

No se atrevió a levantar la voz por encima de un susurro.

Он не смел повышать голос выше шепота.

Porque Gregor no quería que su hermana lo oyera.

Потому что Грегор не хотел, чтобы его сестра его услышала.

—Gregor —dijo el padre desde la habitación de la izquierda.

«Грегор», — сказал отец из комнаты слева.

"El gerente ha venido a comprobar cuál es el problema".

«Пришёл менеджер, чтобы выяснить, в чём проблема».

"Él te preguntó por qué no saliste en el tren temprano."

«Он спросил, почему вы не уехали ранним поездом».

"No sabemos qué decirle", dijo el padre.

«Мы не знаем, что ему сказать», — заявил отец.

"Por cierto, también quiere hablar contigo personalmente."

«Кстати, он также хочет поговорить с вами лично».

"Por favor, abre la puerta para que pueda hablar contigo."

«Пожалуйста, откройте дверь, чтобы он мог с вами поговорить».

"Tendrá la amabilidad de disculpar el desorden en la habitación".

«Он будет достаточно любезен, чтобы простить беспорядок в комнате».

"Buenos días, señor Samsa", le saludó el gerente.

«Доброе утро, господин Самса», — окликнул его управляющий.

Y ciertamente le habló de manera amistosa.

И он, безусловно, говорил с ним в дружелюбной манере.

"No está bien", le dijo la madre al gerente.

«Ему нездорово», — сказала мать управляющему.

"No se encuentra bien en absoluto, créame, querido gerente."

«Ему совсем нездорово, поверьте мне, уважаемый менеджер».

¿Por qué si no, Gregor perdería el tren de la mañana?

«Иначе зачем бы Грегор опоздал на утренний поезд?»

"El chico no tiene nada en la cabeza excepto el negocio."

«Мальчик думает только о бизнесе».

"Casi me molesta que no haga nada más".

«Меня почти раздражает, что он больше ничего не делает».

"Me gustaría que saliera por las noches a tomar aire fresco".

«Жаль, что он не выходит по вечерам подышать свежим воздухом».

"Estuvo en la ciudad ocho días por negocios."

«Он находился в городе восемь дней по делам».

"Pero él estaba en casa todas esas noches"

«Но каждый из этих вечеров он был дома».

"Se sienta en nuestra mesa y lee el periódico".

«Он сидит за нашим столом и читает газету».

"En otras ocasiones, estudia los horarios de los trenes."

В другое время он изучает расписания поездов.

"A veces se mantiene ocupado con la carpintería".

«Иногда он занимается плотницкими работами».

"Por ejemplo, talló un pequeño marco de madera para cuadros".

«Например, он вырезал небольшую деревянную рамку для картины».

"Estuvo ocupado con la sierra durante dos o tres tardes".

«В течение двух или трех вечеров он был занят работой с пилой».

"Te sorprenderá lo bonito que es el marco de fotos".

«Вы будете поражены тем, насколько красива эта рамка для картины».

"Ha colgado el marco de fotos en su habitación."

«Он повесил рамку с картиной у себя в комнате».

"Cuando abra la puerta veréis su carpintería."

«Когда он откроет дверь, вы увидите его деревянную отделку».

"Por cierto, me alegro de que esté aquí, señor Prokurist".

«Кстати, я рад, что вы здесь, господин Прокурист».

"Solos no habríamos podido lograr que Gregor abriera la puerta."

«Мы одни не смогли бы заставить Грегора открыть дверь».

"Es muy terco", le confesó su madre al empleado.

«Он такой упрямый», — призналась его мать продавцу.

"Ciertamente está enfermo, aunque antes lo negó".

«Он определенно нездоров, хотя и отрицал это раньше».

"Estaré allí enseguida", dijo Gregor lentamente y con cuidado.

«Я сейчас же приду», — медленно и осторожно произнес Грегор.

Pero no hizo ningún movimiento hacia la puerta de la habitación.

Но он не сделал ни шага в сторону двери комнаты.

No quería perderse ni una palabra de la conversación.

Он не хотел упустить ни слова из разговора.

El secretario jefe estuvo de acuerdo con la evaluación de la madre.

Главный секретарь согласился с оценкой матери.

-Tampoco puedo explicarlo de otra manera, señora.

«Я тоже не могу объяснить это иначе, мадам».

"Esperemos que no tenga ninguna enfermedad grave", dijo.

«Будем надеяться, что у него нет серьезных заболеваний», — сказал он.

"Por otro lado, es un peligro en nuestra industria".

«С другой стороны, это представляет опасность для нашей отрасли».

"Nosotros, los empresarios, a menudo tenemos que superar el malestar."

«Нам, деловым людям, часто приходится преодолевать дискомфорт».

"Los profesionales simplemente tienen que aguantar los dolores leves".

«Профессионалам нужно лишь преодолевать небольшие трудности».

Mientras tanto su padre volvió a llamar a la otra puerta.

Тем временем его отец снова постучал в другую дверь.

"¿Puede entrar ahora el jefe de oficina?" quiso saber.

«Может ли сейчас войти главный клерк?» — хотел он узнать.

"No, no puede", respondió Gregor a la pregunta de su padre.

«Нет, он не может», — ответил Грегор на вопрос отца.

Un silencio incómodo cayó en la habitación de la izquierda.

В комнате слева повисла неловкая тишина.

En la habitación de la derecha la hermana comenzó a sollozar.

В комнате справа сестра начала рыдать.

¿Por qué la hermana no se había ido a estar con los demás?

Почему сестра не пошла к остальным?

Probablemente acababa de levantarse de la cama, pensó.

Наверное, она только что встала с постели, подумал он.

Es posible que ni siquiera haya empezado a vestirse todavía.

Возможно, она еще даже не начала одеваться.

Pero Gregor no podía entender por qué ella lloraba.

Но Грегор не мог понять, почему она плачет.

¿Fue porque no se levantó y dejó entrar al gerente?

Может быть, это потому, что он не встал и не впустил менеджера?

¿Fue porque estaba en peligro de perder su trabajo?

Возможно, это было связано с тем, что ему грозила потеря работы?

¿Podría el jefe venir a buscar a los padres como antes?

Может ли начальник, как и прежде, начать преследовать родителей?

¿Iba a volver a hacerles las mismas exigencias de siempre?

Собирался ли он снова выдвинуть против них прежние требования?

Estas cosas probablemente no hacían que hubiera que preocuparse.

Вероятно, беспокоиться об этих вещах не стоило.

Por el momento no tenía motivos para llorar.

На данный момент у неё не было причин плакать.

Gregor todavía estaba allí, manteniendo a la familia.

Грегор всё ещё был здесь и обеспечивал семью.

Y nunca tuvo intención de abandonar a la familia.

И у него никогда не было намерения покидать семью.

Por el momento, simplemente permaneció tendido sobre la alfombra.

Пока что он просто лежал на ковре.

La familia desconocía la condición en la que se encontraba.

Семья не знала, в каком он состоянии.

Si lo hubieran sabido no habrían animado a su jefe.

Если бы они знали, то не стали бы подстрекать его начальника.

Ni siquiera habrían dejado entrar al gerente a la casa.

Они бы даже управляющего в дом не пустили.

No habría sido particularmente grosero rechazarlo.

Отказать ему было бы не особенно невежливо.

Fácilmente podría haber encontrado una excusa adecuada más tarde.

Позже он вполне мог бы найти подходящий предлог.

No era algo por lo que lo hubieran podido despedir.

За это его нельзя было уволить.

Gregor pensó que ahora sería más sensato que lo dejaran solo.

Грегор посчитал, что сейчас будет разумнее оставить его одного.

Molestarlo con llantos y conversaciones no sirvió de mucho.

Беспокоить его плачем и разговорами мало что дало.

Pero fue la incertidumbre lo que molestó a los demás.

Но остальных беспокоила именно неопределенность.

Y fue esta incertidumbre la que justificó su comportamiento.

Именно эта неуверенность и оправдывала их поведение.

—¡Señor Samsa! —gritó el gerente en voz alta.

«Господин Самса», — повысив голос, окликнул менеджер.

"¿Qué te pasa?" quiso saber.

«Что с тобой происходит?» — хотел он узнать.

"Te has atrincherado en tu habitación."

«Вы забаррикадировались в своей комнате».

"Solo puedes responder con un 'sí' o un 'no'."

«Вы отвечаете только „да" или „нет"».

"Estás causando serias preocupaciones a tus padres."

«Вы доставляете своим родителям серьезные поводы для беспокойства».

"No veo ninguna buena razón para preocuparlos".

«Я не вижу веских причин, по которым вы могли бы их беспокоить».

"Hay otra cosa más que mencionaré de paso."

«Есть ещё один момент, о котором я хотел бы упомянуть вскользь».

"También estás descuidando tus obligaciones comerciales hacia nosotros".

«Вы также пренебрегаете своими деловыми обязанностями перед нами».

"Esa irresponsabilidad está totalmente fuera de tu carácter".

«Такая безответственность совершенно не свойственна вашему характеру».

"Hablo aquí en nombre de tus padres y de tu jefe".

«Я выступаю здесь от имени ваших родителей и вашего начальника».

"Y os pido una explicación inmediata y clara."

«И я прошу вас немедленно и четко объяснить ситуацию».

"Todo esto realmente me sorprende, debo decir".

«Должен сказать, меня всё это действительно поражает».

"Pensé que te conocía como una persona tranquila y razonable."

«Мне казалось, что я знаю вас как спокойного и рассудительного человека».

"Pero ahora nos estás mostrando un lado diferente de ti".

«Но теперь вы показываете нам другую свою сторону».

"De repente estás mostrando tus caprichos tan peculiares."

«Внезапно вы начинаете проявлять свои весьма странные прихоти».

"Pero podría haber una explicación para tu fracaso".

«Но, возможно, есть объяснение вашей неудаче».

"El jefe mencionó una deuda que usted había cobrado para nosotros."

«Начальник упомянул о долге, который вы для нас взыскали».

"Le di al jefe mi palabra de honor en tu nombre".

«Я дал начальнику слово чести от вашего имени».

"Pero ahora veo tu incomprensible terquedad."

«Но теперь я вижу ваше непостижимое упрямство».

"Aún podría perder todo mi deseo de ayudarte."

«Возможно, я всё ещё потеряю всякое желание вам помогать».

"Su seguridad laboral no es en absoluto totalmente estable".

«Ваша профессиональная стабильность отнюдь не гарантирована».

"Originalmente tenía la intención de contarte todo esto en privado".

«Изначально я собирался рассказать вам обо всем этом наедине».

"Pero ahora veo que quieres que pierda mi tiempo aquí".

«Но теперь я вижу, что вы хотите, чтобы я потратил здесь время впустую».

"Así que no veo ninguna razón por la que tus padres no deberían saberlo."

«Поэтому я не вижу причин, почему ваши родители не должны об этом знать».

"Su desempeño reciente no ha sido satisfactorio."

«Ваши последние результаты неудовлетворительны».

"Reconozco que las ventas son más lentas en esta época del año".

«Я признаю, что в это время года продажи идут медленнее».
"Pero no hay época del año en que no haya ventas".
«Но не бывает такого времени года, когда распродажи прекращаются».
Por un momento Gregor olvidó todo lo que le rodeaba.
На мгновение Грегор забывает обо всем, что его окружает.
—¡Pero señor Prokurist! —gritó Gregor desesperado.
«Но господин Прокурист!» — в отчаянии воскликнул Грегор.
"Abriré la puerta enseguida, ahora mismo, no te preocupes."
«Я сейчас же открою дверь, не волнуйтесь».
"El problema es que me he estado sintiendo bastante mal."
«Проблема в том, что я чувствую себя довольно плохо».
"Mi mareo me impidió llegar a la puerta."
«Из-за головокружения я не смог дойти до двери».
"Todavía estoy en cama, pero me siento mucho mejor."
«Я всё ещё лежу в постели, но чувствую себя намного лучше».
"Un momento por favor, me estoy levantando de la cama."
«Одну минутку, пожалуйста, я только что встал с постели».
"Un momento de paciencia es todo lo que pido, señor Prokurist."
«Прошу лишь немного терпения, господин Прокурист».
"No va tan bien como pensaba, pero estaré bien".
«Всё идёт не так хорошо, как я думал, но я справлюсь».
"¿Cómo puede sucederle algo así a una persona tan rápidamente?"
«Как такое может случиться с человеком так быстро?»
"Me sentí bien anoche, mis padres lo saben."
«Вчера вечером я чувствовал себя прекрасно, мои родители это знают».
"Pero quizá ya tuve una pequeña premonición entonces."
«Но, возможно, у меня уже тогда было небольшое предчувствие».
"Quizás te preguntes por qué no lo reporté en la oficina".

«Вы можете спросить, почему я не сообщил об этом в офис».
Pensé que me sentiría mucho mejor por la mañana.
«Я думал, что утром мне станет намного лучше».
Uno siempre piensa que para entonces ya habrá superado la enfermedad.
«Всегда кажется, что к тому времени болезнь уже будет побеждена».
¡Pero por favor! ¡Libera a mis padres de estas acusaciones!
«Но пожалуйста! Избавьте моих родителей от этих обвинений!»
No me han dicho ni una palabra de lo que me contaste.
«Мне ни слова не сказали о том, что вы мне рассказали».
Puede que no hayas leído las últimas órdenes que envié.
«Возможно, вы не читали мои последние распоряжения».
Por cierto, no tienes que preocuparte por mí hoy.
«Кстати, сегодня вам не о чем беспокоиться обо мне».
Aun así voy a tomar el tren de las ocho.
«Я всё равно поеду на поезде в восемь часов».
"Las pocas horas de descanso me han fortalecido bastante".
«Несколько часов отдыха меня достаточно окрепли».
Realmente no hay necesidad de esperar, gerente.
«Вам действительно нет необходимости ждать, менеджер».
Yo también estaré en la oficina muy pronto.
«Я тоже скоро буду в офисе».
Y por favor, ten la amabilidad de decirme algo bueno.
«И пожалуйста, будьте так любезны и замолвите за меня словечко».
Gregor había pronunciado su explicación con bastante precipitación.
Грегор изложил свое объяснение довольно поспешно.
Apenas sabía lo que realmente estaba tratando de decir.
Он едва ли понимал, что на самом деле пытается сказать.
Se acercó a la caja y trató de usarla para ponerse de pie.
Он подошел к коробке и попытался использовать ее, чтобы встать.
Realmente tenía toda la intención de abrir la puerta.

Он действительно намеревался открыть дверь.

Quería ser visto por el representante autorizado.

Он хотел, чтобы его осмотрел уполномоченный представитель.

Y quería resolver el problema con él personalmente.

И он хотел решить проблему лично с ним.

Estaba ansioso por saber cómo reaccionarían los demás ante él.

Ему не терпелось узнать, как отреагируют на него другие.

Ya deben estar ansiosos por ver cómo está.

Наверняка им тоже не терпится узнать, как у него дела.

Había dos formas posibles en las que podían reaccionar ante él.

Они могли отреагировать на него двумя способами.

Una posibilidad era que estuvieran asustados.

Одна из возможных причин заключалась в том, что они испугались.

Si estaban asustados entonces él no tenía ninguna responsabilidad.

Если они испугались, то он не несёт никакой ответственности.

Y entonces no tendría que preocuparse por la situación.

И тогда ему не пришлось бы беспокоиться об этой ситуации.

Pero también había otra posibilidad en la que pensar.

Но был и другой вариант, который стоило обдумать.

Quizás aceptarían con calma su forma de ser.

Возможно, они спокойно примут его таким, какой он есть.

Entonces Gregor tampoco tendría motivos para enojarse.

Тогда у Грегора тоже не было бы причин расстраиваться.

Todavía habría tiempo suficiente para coger el tren.

Времени ещё хватит, чтобы сесть на поезд.

Sin embargo, mantenerse en pie no fue una tarea fácil.

Однако стоять прямо было отнюдь не простой задачей.

En sus primeros intentos se resbaló de la caja.

При первых нескольких попытках он соскользнул с ящика.

La caja era demasiado lisa para que él pudiera apoyarse contra ella.

Коробка была слишком гладкой, чтобы он мог устоять на ней.

Y finalmente se dio un último empujón para ponerse de pie.

И наконец, он сделал последнюю попытку подняться.

Ya no le prestó más atención al dolor en su abdomen.

Он перестал обращать внимание на боль в животе.

No importaba cuánto dolor sintiera, él lo superaría.

Какую бы боль он ни испытывал, он её преодолеет.

Se dejó caer contra el respaldo de una silla cercana.

Он плюхнулся на спинку стоящего рядом стула.

Y se agarró a los bordes con sus pequeñas piernas.

И он держался за края своими маленькими ножками.

En ese momento ya tenía más control de sí mismo.

К этому моменту он стал лучше контролировать себя.

Y su caída fue más silenciosa que la anterior.

И его падение было более тихим, чем предыдущее.

Porque tenía que escuchar lo que decía el gerente.

Потому что ему приходилось слушать, что говорил менеджер.

¿Entendieron algo de eso?, preguntó a los padres.

«Вы хоть что-нибудь из этого поняли?» — спросил он родителей.

"No se burlaría de nosotros, ¿verdad?"

«Он же не станет нас дураками выставлять, правда?»

—¡Por Dios! —gritó la madre, ya llorando.

«Ради Бога!» — воскликнула мать, уже плача.

"Puede que esté gravemente enfermo y lo estamos atormentando".

«Возможно, он серьезно болен, а мы его мучаем».

"¡Grete! ¡Grete!", le gritó a la hija.

"Грете! Грете!" — закричала она дочери.

"¿Mamá?" llamó la hermana desde el otro lado.

"Мама?" — позвала сестра с другой стороны.

Luego se comunicaron a través de la habitación de Gregor.

Затем они общались через комнату Грегора.

Gregor está muy enfermo y necesita medicamentos.

«Грегор очень болен, и ему нужны лекарства».

"Tendrás que ir al médico inmediatamente."

«Вам необходимо немедленно обратиться к врачу».

¿Escuchaste cómo habló Gregor hace un momento?

«Вы слышали, как только что говорил Грегор?»

"Esa era la voz de un animal", dijo el gerente.

«Это был голос животного», — сказал менеджер.

Sus palabras eran silenciosas comparadas con los gritos de la madre.

Его слова звучали тихо по сравнению с криками матери.

—¡Anna! ¡Anna! —llamó el padre desde la antesala.

"Анна! Анна!" — крикнул отец из прихожей.

Y aplaudió para llamar su atención.

И он захлопал в ладоши, чтобы привлечь их внимание.

"¡Llama a un cerrajero inmediatamente!" le ordenó a la criada.

«Немедленно вызовите слесаря!» — приказал он горничной.

Las muchachas, con sus faldas, corrían por la antesala.

Девушки в юбках пробежали через прихожую.

Y sus faldas crujieron mientras corrían frente a su habitación.

Их юбки шелестели, когда они пробегали мимо его комнаты.

"¿Cómo se vistió la hermana tan rápido?" pensó.

«Как сестра так быстро оделась?» — подумал он.

La puerta se abrió de golpe, pero no se cerró de golpe.

Дверь была распахнута, но не захлопнута.

Esto es común en los hogares donde ocurre una gran desgracia.

Это часто случается в семьях, где происходит большое несчастье.

Pero todo esto había hecho que Gregor se volviera mucho más tranquilo.

Но всё это значительно успокоило Грегора.

Cuando escuchó sus propias palabras le parecieron claras.

Когда он услышал свои собственные слова, они показались ему ясными.

De hecho, sintió que sus palabras habían sido más claras.

На самом деле, он считал, что его слова были даже яснее.

Pero los demás ya no entendían lo que decía.

Но остальные уже не понимали, что он говорит.

Quizás ya se había acostumbrado a sus oídos.

Возможно, к этому моменту он уже привык к своим ушам.

Pero al menos ahora entendían mejor su situación.

Но, по крайней мере, теперь они лучше понимали его ситуацию.

Se dieron cuenta de que realmente había algo mal con él.

Они поняли, что с ним действительно что-то не так.

Y ahora estaban haciendo todo lo que podían para ayudarlo.

И теперь они делали все возможное, чтобы помочь ему.

Esto le dio a Gregor una sensación de confianza que le faltaba.

Это придало Грегору чувство уверенности, которого ему так не хватало.

Y se sintió nuevamente mucho más seguro en la familia.

И он снова почувствовал себя гораздо увереннее в семье.

Se sintió incluido nuevamente en el círculo humano.

Он почувствовал, что снова стал частью человеческого круга.

Ahora tenía que esperar que el cerrajero pudiera abrir la puerta.

Теперь ему оставалось только надеяться, что слесарь сможет открыть дверь.

Y esperaba que el médico pudiera realizar tales tareas.

И он надеялся, что доктор сможет выполнить такие задачи.

Pronto tendría que hablar más.

Ему вскоре снова придётся много говорить.

Su voz tendría que ser lo más clara posible.

Его голос должен был быть максимально чистым.

Para prepararse para la reunión se aclaró la garganta.

Чтобы подготовиться к встрече, он откашлялся.

Sin embargo, hizo todo lo posible para toser muy silenciosamente.

Однако он изо всех сил старался кашлять очень тихо.

El ruido podría haber sonado diferente a una tos humana.

Этот звук мог отличаться от обычного человеческого кашля.

Sabía que ya no podía diferenciar esas cosas.

Он понимал, что больше не может различать подобные вещи.

En la habitación contigua reinaba un silencio absoluto.

В соседней комнате воцарилась полная тишина.

Los padres probablemente estaban sentados a la mesa.

Вероятно, родители сидели за столом.

Quizás estaban susurrando con el gerente.

Возможно, они перешёптывались с менеджером.

Quizás todos estaban apoyados en la puerta y escuchando.

Возможно, все прислонились к двери и прислушивались.

Gregor empujó lentamente la silla hacia la puerta.

Грегор медленно подтолкнул стул к двери.

Empujó la puerta y se mantuvo en pie.

Он толкнул дверь и выпрямился.

Se enteró de que las almohadillas de sus pies tenían un poco de pegamento.

Он обнаружил, что на подушечках его стоп есть немного клея.

Y descansó allí un momento del esfuerzo.

И он на мгновение отдохнул, преодолев напряжение.

Después de descansar lo suficiente, comenzó con la siguiente tarea.

Достаточно отдохнув, он приступил к следующему заданию.

Empezó a girar la llave en la cerradura con la boca.

Он начал поворачивать ключ в замке ртом.

Desafortunadamente, parecía que no tenía dientes reales.

К сожалению, похоже, у него вообще не было зубов.

¿Pero qué otra forma tenía de conseguir las llaves?

Но каким ещё способом он мог заполучить ключи?

Afortunadamente para él, sus mandíbulas eran, por supuesto, muy fuertes.

К счастью для него, его челюсти, конечно же, были очень сильными.

Con la ayuda de sus mandíbulas realmente consiguió mover la llave.

С помощью своих челюстей он действительно смог сдвинуть ключ с места.

No tenía ninguna duda de que él también se estaba haciendo daño.

Он нисколько не сомневался, что причиняет вред и самому себе.

Porque de su boca salía un líquido marrón.

Потому что изо рта у него вытекала коричневая жидкость.

El líquido marrón fluyó sobre la llave y por la puerta.

Коричневая жидкость потекла по ключу и стекала по двери.

Pero a Gregorio no le importaba hacerse daño a sí mismo.

Но Грегора не волновало, что он причиняет себе вред.

"¿Puedes oír eso?" dijo el gerente en la habitación de al lado.

«Вы это слышите?» — спросил менеджер в соседней комнате.

"Está girando la llave", había notado el gerente.

«Он поворачивает ключ», — заметил менеджер.

Estas palabras fueron un gran estímulo para Gregor.

Эти слова стали для Грегора огромным ободрением.

Pero el padre y la madre también deberían haber gritado:

Но отец и мать тоже должны были крикнуть:

«¡Bien, Gregor!», deberían haberle gritado.

«Молодец, Грегор!» — следовало бы им крикнуть ему.

"Sigue adelante, sigue girando esa llave, puedes lograrlo".

«Продолжай, продолжай поворачивать ключ, у тебя всё получится».

Pero Gregor tuvo que imaginarse su emoción.

Но Грегору оставалось лишь представить их восторг.

Apretó las mandíbulas con toda la fuerza que tenía.

Он сжал челюсти изо всех сил.

Y continuó girando la llave en la cerradura.

И он продолжал вращать ключ в замке.

Dolorosamente su cuerpo se retorció en un círculo.

Его тело мучительно извивалось по кругу.

Ahora se mantenía erguido únicamente con la boca.

Теперь он держался в вертикальном положении, опираясь только на рот.

Para seguir girando la llave presionó contra la puerta.

Чтобы продолжить поворачивать ключ, он надавливал на дверь.

Finalmente el chasquido de la cerradura despertó de nuevo a Gregor.

Наконец, щелчок замка снова разбудил Грегора.

"Así que no necesité al cerrajero", suspiró aliviado.

«Значит, мне не понадобился слесарь», — вздохнул он с облегчением.

Ahora sólo faltaba abrir la puerta que había desbloqueado.

Теперь ему оставалось только открыть дверь, которую он отпер.

Y con la cabeza en el pomo abrió la puerta.

И, положив голову на ручку, он открыл дверь.

Estaba detrás de la puerta que daba a su habitación.

Он находился за дверью, которая вела в его комнату.

Así que la puerta ya estaba abierta antes de que pudiera ser visto.

Поэтому дверь уже была открыта, прежде чем его удалось увидеть.

A continuación tuvo que maniobrar para rodear la puerta.

Затем ему пришлось протиснуться вокруг самой двери.

Este difícil movimiento también requirió mucho esfuerzo.

Это сложное движение также потребовало больших усилий.

No quería caer torpemente en la habitación contigua.

Он не хотел неуклюже упасть в соседнюю комнату.

Así que no tuvo tiempo de prestar atención a nada más.

Поэтому у него не было времени обращать внимание ни на что другое.

Pero entonces oyó al jefe de oficina exclamar en voz alta: "¡Oh!".

Но тут он услышал, как главный клерк громко воскликнул: «О!»

Sonaba como si el viento corriera a través de la casa.

Звук был такой, будто ветер свистел в доме.

Resultó que él era el que estaba más cerca de la puerta.

Так уж получилось, что он оказался ближе всех к двери.

Y al verlo, se llevó la mano a la boca.

И тут, увидев его, он прикрыл рот рукой.

Se movió lentamente hacia atrás, alejándose de Gregor.

Он медленно отступил назад, подальше от Грегора.

Pero era como si una fuerza invisible actuara sobre él.

Но казалось, будто на него действовала невидимая сила.

Lo primero que hizo la madre fue mirar al padre.

Первое, что сделала мать, — посмотрела на отца.

A pesar de la presencia del gerente, su cabello estaba despeinado.

Несмотря на присутствие менеджера, ее волосы были растрепаны.

Desplegó los brazos y dio dos pasos hacia adelante.

Она расправила руки и сделала два шага вперед.

Pero entonces se desplomó en medio de su falda.

Но затем она упала, едва держась за юбку.

Su vestido se extendió a su alrededor en el suelo.

Ее платье расплылось по полу.

Y su cabeza desapareció sobre sus propios pechos.

И её голова слилась с собственной грудью.

El padre apretó el puño con expresión hostil.

Отец сжал кулак с враждебным выражением лица.

Parecía querer que Gregor fuera empujado de nuevo a su habitación.

Похоже, он хотел, чтобы Грегора оттеснили обратно в его комнату.

Luego miró con incertidumbre alrededor de la sala de estar.

Затем он неуверенно оглядел гостиную.

Y finalmente se cubrió los ojos entre las manos.

И наконец, он закрыл глаза руками.

Y lloró amargamente hasta que su poderoso pecho se estremeció.

И он горько плакал, пока не задрожала его могучая грудь.

Gregor en realidad no entró en su habitación.

Грегор на самом деле вообще не заходил в их комнату.

En lugar de eso, se apoyó contra el marco de la puerta.

Вместо этого он прислонился к дверному косяку.

Para los que estaban desde fuera solo era visible la mitad de su cuerpo.

Снаружи была видна лишь половина его тела.

Y encima de su cuerpo estaba su cabeza, inclinada hacia un lado.

А над его телом находилась голова, наклоненная вбок.

Para entonces la luz se había vuelto mucho más brillante que antes.

К этому моменту свет стал намного ярче, чем прежде.

Ahora se podía ver claramente el otro lado de la calle.

Теперь отчетливо была видна другая сторона улицы.

Apareció una sección del interminable y gris hospital.

Перед нами открылся фрагмент бесконечного серого здания больницы.

La lluvia de la mañana aún no había parado del todo de caer.

Утренний дождь еще не прекратился совсем.

Pero ahora las gotas de lluvia eran más grandes y estaban más separadas.

Но теперь капли дождя стали крупнее и располагались дальше друг от друга.

Los platos del desayuno estaban en abundancia en la mesa.

На столе было в изобилии представлено множество блюд для завтрака.

El padre pensaba que el desayuno era la comida más importante.

Отец считал завтрак самым важным приемом пищи.

El desayuno era una comida que se prolongaba durante horas.

Завтрак для него был приемом пищи, который он растягивал на несколько часов.

Y en esas horas leía los distintos periódicos.

И в эти часы он читал различные газеты.

Justo en la pared opuesta colgaba una fotografía de Gregor.

На противоположной стене висела фотография Грегора.

La fotografía en la pared lo mostraba como teniente.

На фотографии на стене он был изображен в звании лейтенанта.

Era una fotografía de su época en el ejército.

Это была фотография времен его службы в армии.

Su mano estaba sobre su espada y tenía una sonrisa despreocupada.

Его рука лежала на мече, и на лице была беззаботная улыбка.

Su postura y su uniforme exigían cierto respeto.

Его осанка и форма внушали определенное уважение.

La otra puerta que conducía a la antesala también estaba abierta.

Другая дверь, ведущая в прихожую, тоже была открыта.

Y la puerta del apartamento todavía estaba abierta también.

И дверь в квартиру тоже оставалась открытой.

Se podía ver hasta el patio delantero del apartamento.

Отсюда открывался вид на всю территорию перед домом.

Y luego las escaleras conducían a la calle de abajo.

А затем лестница вела вниз, на улицу.

Gregor fue el único que mantuvo la compostura.

Грегор был единственным, кто сохранил самообладание.

Él vio esto, por lo que la conversación era su responsabilidad.

Он это видел, поэтому ответственность за этот разговор лежала на нём.

"Bueno, ahora me voy a vestir para ir a trabajar", dijo.

«Ну, а я пойду оденусь на работу», — сказал он.

"Después de haber empaquetado las muestras textiles, me iré."

«После того, как я упакую образцы ткани, я уйду».

"¿Aún tiene intención de dispararme, señor Prokurist?"

«Вы по-прежнему намерены меня уволить, господин Прокурист?»

"Como puedes ver, no soy tan terco como pensabas."

«Как видите, я не такой упрямый, как вы думали».

"Y puedes ver que después de todo me gusta trabajar".

«И, как видите, мне все-таки нравится работать».

"Puedo admitir que viajar por trabajo no es fácil".

«Могу признать, что ездить в командировки непросто».

"Pero también puedo aceptar que es parte de mi trabajo".

«Но я также могу смириться с тем, что это часть моей работы».

"Gerente, ¿adónde va? ¿De vuelta a la oficina?"

«Менеджер, куда вы идёте? Обратно в офис?»

"¿Informarás verazmente de todo lo que has visto?"

«Вы честно расскажете обо всем, что видели?»

"A veces sucede que uno no puede ir a trabajar."

«Иногда случается, что человек не может пойти на работу».

"Este es el momento adecuado para recordar los logros pasados".

«Сейчас самое время вспомнить о прошлых достижениях».

"Después de eliminar la dificultad, uno trabaja aún mejor."

«Устранив сложность, работа становится еще лучше».

"Mi diligencia y concentración aumentarán".

«Моя усердие и концентрация внимания должны возрасти».

"Sabes muy bien que estoy en deuda con el jefe."

«Вы прекрасно знаете, что я в долгу перед начальником».

"Pero también estoy preocupada por mis padres y mi hermana".

«Но я также беспокоюсь о своих родителях и сестре».

"Estoy en una situación difícil, pero encontraré la manera de salir de ella".

«Я оказался в затруднительном положении, но я из него выберусь».

"No hagas esto más difícil de lo que ya es."
«Не усложняйте ситуацию еще больше, чем она уже есть».
"Como compañeros de trabajo también tenemos que ayudarnos unos a otros".
«Как коллеги, мы тоже должны помогать друг другу».
"Sé que a los trabajadores de oficina no les gustan los viajeros".
«Я знаю, что офисные работники не любят путешественников».
"¿Crees que ganamos una fortuna y llevamos una buena vida?"
«Вы думаете, мы зарабатываем целое состояние и живём хорошей жизнью?»
"No tienen ningún motivo real para considerar sus prejuicios".
«У них нет реальных оснований задумываться о своих предрассудках».
"Pero usted, oficial autorizado, tiene un papel diferente."
«Но у вас, уполномоченного лица, другая роль».
"Tienes una mejor visión general que el resto del personal".
«У вас более широкий кругозор, чем у остальных сотрудников».
"De hecho, creo que probablemente tengas la mejor visión general".
«На самом деле, я думаю, что у вас, возможно, наилучшее представление о ситуации».
"Tienes una visión mejor que el propio jefe".
«У вас более чёткое представление о ситуации, чем у самого начальника».
"Admito que el jefe hace el trabajo empresarial".
«Признаю, что предпринимательскую работу выполняет именно начальник».
"Pero es fácil que sus juicios sean erróneos."
«Но его суждения легко могут быть ошибочными».
"Y estos pequeños errores de juicio pueden ser en nuestro detrimento".
«И эти мелкие ошибки в суждениях могут нам навредить».

"Ya sabes lo fácil que es hablar del viajero."

«Вы же знаете, как легко говорить о путешественнике».

"Él no está allí para defender su reputación de los chismes".

«Он здесь не для того, чтобы защищать свою репутацию от сплетен».

"Esas acusaciones pueden fácilmente ser meras coincidencias".

«Эти обвинения вполне могут оказаться просто совпадениями».

"Muchas quejas ni siquiera tienen su base en ninguna verdad."

«Многие жалобы даже не основаны на каких-либо истинах».

"Está fuera de la oficina casi todo el año."

«Он будет отсутствовать в офисе почти весь год».

¿Qué posibilidades tiene de defender su propia reputación?

«Какие у него шансы защитить свою репутацию?»

"Ni siquiera se entera de las acusaciones".

«Ему даже не доводится до сведения выдвинутых обвинений».

"Se entera de lo que se ha dicho cuando ya es demasiado tarde."

«Он узнает о сказанном, когда уже слишком поздно».

A estas alturas ya está exhausto por el viaje del día.

«К этому моменту он уже совершенно измотан дневным путешествием».

"De todos modos, tendrá que experimentar las terribles consecuencias".

«Ему всё равно придётся столкнуться с ужасными последствиями».

"Aunque no tiene forma de entender el problema."

«Даже несмотря на то, что он никак не может понять проблему».

"Oh, gerente, no se vaya sin decirme una palabra".

«О, менеджер, не уходите, не сказав мне ни слова».

"Al menos dime que estás de acuerdo conmigo en parte."

«Хотя бы скажите, что вы хотя бы частично со мной согласны».

Pero el manager se había alejado de Gregor mucho antes.

Но менеджер отвернулся от Грегора гораздо раньше.

Su hombro se contrajo cuando volvió a mirar a Gregor.

Когда он снова посмотрел на Грегора, его плечо дернулось.

Y no se quedó quieto ni un solo momento durante su discurso.

И он ни разу не остановился на месте во время своей речи.

Él había mirado a Gregor con los labios fruncidos.

Он смотрел на Грегора, поджав губы.

Se había ido retirando gradualmente hacia la puerta.

Он постепенно отступал к двери.

Pero tampoco podía apartar la mirada de Gregor.

Но он не мог оторвать глаз и от Грегора.

Sintió como si hubiera una prohibición secreta de salir de la habitación.

Ему казалось, что существует негласный запрет на выход из комнаты.

Pero a estas alturas ya estaba en el vestíbulo de entrada.

Но к этому моменту он уже был в вестибюле.

Y ahora hizo un movimiento repentino hacia la salida.

И тут он резко двинулся к выходу.

Extendió su mano derecha hacia las escaleras.

Он протянул правую руку к лестнице.

Quizás una fuerza sobrenatural estaba esperando para salvarlo.

Возможно, его ждала сверхъестественная сила, готовая его спасти.

Gregor sabía que no podía permitir que se fuera así.

Грегор понимал, что не может позволить ему уйти вот так просто.

El gerente no debe regresar con el mismo humor en el que estaba.

Менеджер не должен возвращаться в том же настроении, в котором был.

La seguridad del trabajo de Gregor estaba en grave peligro.

Сохранность работы Грегора была под серьезной угрозой.

Los padres no podían comprender plenamente todo esto.

Родители не могли до конца понять всё это.

Con los años se habían acostumbrado a su seguridad laboral.

С годами они привыкли к тому, что у него стабильная работа.

Y se convencieron de que tenía el trabajo de por vida.

И они убедились, что он получит эту работу на всю жизнь.

En lugar de eso, se habían ocupado de otras preocupaciones.

Вместо этого они были заняты другими заботами.

Pero estas preocupaciones les hicieron perder toda previsión.

Но эти опасения привели к тому, что они утратили всякую дальновидность.

Gregor, sin embargo, no había perdido la previsión paterna.

Однако Грегор не утратил родительской дальновидности.

Alguien tenía que detener al representante autorizado.

Кто-то должен был остановить уполномоченного представителя.

Iba a tener que calmarlo y convencerlo.

Ему предстояло успокоить его и убедить.

¡El futuro de Gregor y su familia dependía de ello!

От этого зависело будущее Грегора и его семьи!

Ojalá la inteligente hermana hubiera estado allí para ayudar.

Если бы только умная сестра была здесь, чтобы помочь.

Ella ya había llorado cuando Gregor todavía estaba en su habitación.

Она уже плакала, когда Грегор ещё был в своей комнате.

En ese momento él simplemente yacía tranquilamente boca arriba.

В тот момент он просто спокойно лежал на спине.

Ella ya sabía entonces la importancia de la situación.

Она уже тогда понимала всю важность ситуации.

El gerente tenía una debilidad bien conocida por las mujeres.

Менеджер, как известно, питал слабость к женщинам.

Ella fácilmente podría haberlo persuadido para que se quedara más tiempo.

Она легко могла бы уговорить его остаться подольше.
Ella habría cerrado la puerta y lo habría guiado adentro.
Она бы закрыла дверь и проводила его обратно.
Pero desafortunadamente la hermana había ido a buscar un médico.
Но, к сожалению, сестра уже пошла за врачом.
Así que Gregor no tuvo más remedio que hacerlo él mismo.
Поэтому у Грегора не оставалось иного выбора, кроме как сделать это самому.
No había considerado cuáles eran realmente sus habilidades.
Он не задумывался о том, каковы его реальные способности.
Y se había olvidado de desconfiar de su capacidad de hablar.
И он забыл, что не доверяет своей способности говорить.
Pero aún así, abandonó la seguridad de su habitación.
Но, несмотря ни на что, он покинул безопасное пространство своей комнаты.
Y se abrió paso a través de la abertura de la habitación.
И он протиснулся сквозь проём комнаты.
El gerente ya estaba bajando las escaleras.
Менеджер уже спускался по лестнице.
Pero él se agarraba a la barandilla con ambas manos.
Но он держался за перила обеими руками.
Gregor se cayó mientras intentaba atravesar la puerta.
Грегор упал, когда проталкивался сквозь дверь.
Dejó escapar un pequeño grito mientras trataba de agarrar algo para apoyarse.
Он тихо вскрикнул, пытаясь ухватиться за опору.
Pero en lugar de pánico, sintió un bienestar físico.
Но вместо паники он почувствовал физическое благополучие.
Por primera vez esa mañana algo se sintió bien.
Впервые за это утро я почувствовал, что что-то правильно.
Todas sus piernas ahora tenían tierra sólida debajo de ellas.
Теперь все его ноги твердо стояли на земле.
Se sorprendió de lo bien que podía controlar sus piernas.

Он был удивлен, насколько хорошо ему удавалось контролировать свои ноги.

Se alegró de notar que sus piernas le obedecían completamente.

Он с радостью заметил, что его ноги полностью его слушались.

De hecho, sus piernas lo llevaban a donde quería.

Фактически, его ноги сами доставляли его туда, куда он хотел.

Pronto todas sus penas estaban destinadas a llegar a su fin.

Вскоре все его печали должны были закончиться.

Pero en ese mismo momento su propia madre saltó.

Но в тот же самый момент вскочила его собственная мать.

Sus brazos estaban extendidos y sus dedos separados.

Ее руки были вытянуты, а пальцы растопырены.

Y ella gritó: "¡Socorro! ¡Por el amor de Dios, que alguien ayude!"

И она закричала: «Помогите, ради Бога, кто-нибудь, помогите!»

Ella inclinó la cabeza; quería ver mejor a Gregor.

Она наклонила голову, желая лучше рассмотреть Грегора.

Pero en contraposición a la primera acción, ella corrió hacia atrás.

Но, в отличие от первого действия, она побежала обратно.

Se había olvidado que la mesa estaba puesta detrás de ella.

Она забыла, что стол был накрыт позади неё.

Todos los elementos para el desayuno todavía estaban en la mesa.

Все продукты для завтрака по-прежнему стояли на столе.

Se sentó apresuradamente en la mesa, como distraída.

Она поспешно села на стол, словно отвлекшись.

Y ella no pareció darse cuenta del café derramado.

И она, похоже, не заметила пролитого кофе.

El café que ahora estaba empapando la alfombra.

Кофе, который теперь впитывался в ковер.

—Mamá, madre —dijo Gregor suavemente, mirándola.

«Мама, мама», — тихо сказал Грегор, глядя на неё.

Por el momento el manager no era importante para él.

В тот момент менеджер для него не имел значения.

Pero también estaba el café goteando sobre la alfombra.

Но кроме того, кофе капал на ковер.

Gregor no pudo resistirse a chasquear las mandíbulas al tomar el café.

Грегор не смог удержаться и щёлкнул челюстями, глядя на кофе.

La madre comenzó a llorar nuevamente por su comportamiento.

Мать снова начала плакать из-за его поведения.

Ella saltó de la mesa para distanciarse de él.

Она спрыгнула со стола, чтобы отдалиться от него.

Y ella corrió a los brazos del padre, buscando seguridad.

И она бросилась в объятия отца, ища спасения.

Pero Gregor ya no tenía tiempo que perder con sus padres.

Но у Грегора сейчас не было времени на родителей.

El oficial autorizado ya estaba en las escaleras.

Уполномоченный сотрудник уже находился на лестнице.

Apoyó la barbilla en la barandilla para mirar dentro de la casa.

Он подпер подбородок перилами, чтобы заглянуть в дом.

Al parecer quería echar un último vistazo al espectáculo.

По всей видимости, он хотел в последний раз взглянуть на это зрелище.

Y Gregor hizo un último esfuerzo para llegar hasta el gerente.

И Грегор предпринял последнюю попытку связаться с менеджером.

Corrió hacia la puerta tan seguro como pudo.

Он побежал к двери, стараясь как можно обезопасить себя.

Pero el jefe de oficina debía de sospechar algo.

Но главный клерк наверняка что-то подозревал.

Porque saltó varios escalones y desapareció.

Потому что он спрыгнул с нескольких ступенек и исчез.

—¡Huh! —gritó Gregor, resonando en la escalera.

«Ага!» — крикнул Грегор, и его голос эхом разнесся по лестничной клетке.

La fuga del gerente también pareció confundir a su padre.

Побег менеджера, похоже, также смутил его отца.

Hasta entonces había conseguido mantener la compostura.

До этого момента ему удавалось сохранять довольно спокойное поведение.

Pero desgraciadamente él también perdió la compostura que había tenido.

Но, к сожалению, и он потерял прежнее самообладание.

Lo que debería haber hecho es ayudar a Gregor en su persecución.

Ему следовало помочь Грегору в его преследовании.

Pero con una mano agarró el bastón del gerente.

Но при этом он схватил трость менеджера одной рукой.

Y en la otra mano sostenía ahora un periódico.

А в другой руке он держал газету.

Y ahora estorbó directamente a Gregor en su persecución.

И теперь он напрямую препятствовал Грегору в его преследовании.

Se había colocado entre Gregor y la calle.

Он встал между Грегором и улицей.

Golpeó el suelo con los pies y agitó el palo y el periódico.

Он топнул ногой, помахал палкой и газетой.

Y él estaba forzando activamente a Gregor a regresar a su habitación.

И он активно пытался силой заставить Грегора вернуться в свою комнату.

Ninguna de las peticiones que Gregor intentó hacer sirvió de algo.

Ни одна из просьб Грегора не помогла.

Porque ninguna de las peticiones que hizo fue entendida.

Потому что ни одна из его просьб не была понята.

Giró la cabeza hacia un ángulo más profundo y humilde.

Он повернул голову, приняв более смиренный, более глубокий оборот.

Pero su padre respondió golpeando el suelo con más fuerza.

Но отец в ответ ещё сильнее топнул ногой.

La madre abrió una ventana, a pesar del clima frío.

Несмотря на прохладную погоду, мать открыла окно.

Y apretó su cara entre sus manos en el frío.

И она уткнулась лицом в ладони от холода.

El viento ahora podría pasar por todo el apartamento.

Теперь ветер мог свободно распространяться по всей квартире.

Una fuerte corriente de aire soplaba desde la escalera hacia el callejón.

Сильный сквозняк дул от лестницы в переулок.

Las cortinas se agitaban a causa del fuerte viento.

Сильный ветер развевал занавески.

Y el periódico sobre la mesa crujió con el viento.

А газета на столе шелестела на ветру.

Incluso algunas hojas fueron arrastradas hasta el interior de la casa desde el exterior.

В дом даже залетели листья с улицы.

El padre pateaba y empujaba sin descanso.

Отец топнул ногой и неустанно толкался.

Y silbaba y hacía ruidos como lo haría un hombre salvaje.

И он шипел и издавал звуки, похожие на звуки дикого человека.

Pero Gregor aún no había practicado el caminar hacia atrás.

Но Грегор еще не тренировался ходить спиной вперед.

Incluso Gregor admitiría que este movimiento era mucho más lento.

Даже Грегор признал бы, что это движение было гораздо медленнее.

Pero lo único que quería era la oportunidad de cambiar las cosas.

Однако все, чего он хотел, — это возможность развернуться.

Entonces se habría ido directamente a su habitación.

Тогда он бы сразу же отправился в свою комнату.

Pero tenía demasiado miedo de impacientar a su padre.

Но он слишком боялся разозлить отца.

Y allí estaba la amenaza de un golpe con el palo.

И существовала угроза удара палкой.

Un golpe así en la parte posterior de la cabeza podría ser fatal.

Такой удар по затылку может быть смертельным.

Pero al final Gregor no tuvo otra opción.

Но в конце концов у Грегора не осталось другого выбора.

Se dio cuenta de que ni siquiera podía caminar hacia atrás en línea recta.

Он понял, что даже не может идти прямо назад.

Empezó a girar tan rápido como pudo.

Он начал разворачиваться так быстро, как только мог.

Pero en realidad este movimiento giratorio era igualmente lento.

Но в действительности это вращательное движение было таким же медленным.

Y le siguieron las miradas ansiosas del padre.

И за ним последовали тревожные взгляды отца.

Quizás el padre notó las buenas intenciones de Gregor.

Возможно, отец заметил благие намерения Грегора.

Porque no le impidió darse la vuelta.

Потому что он не помешал ему повернуться.

Incluso utilizó la punta de su bastón para guiar la rotación.

Он даже использовал кончик своей палки, чтобы направлять вращение.

¡Pero Gregor aún deseaba que su padre no le hubiera silbado!

Но Грегор всё ещё сожалел, что отец прошипел на него!

El silbido sólo aumentó la confusión del momento.

Шипение лишь усилило возникшее в тот момент замешательство.

Y luego cometió un error y giró en la dirección equivocada.

А потом он ошибся и свернул не в ту сторону.

Al final logró encarar el camino correcto.

В конце концов ему все же удалось выбрать правильную сторону.

Y estaba satisfecho con el progreso que había logrado.

И он был доволен достигнутыми успехами.

Pero entonces el siguiente problema se hizo aún más evidente.

Но затем следующая проблема стала еще более очевидной.

Su cuerpo era demasiado ancho para pasar fácilmente por la puerta.

Его тело было слишком широким, чтобы он мог легко пройти в дверной проем.

En su estado actual el padre no se dio cuenta de esto.

В своем нынешнем состоянии отец этого не заметил.

Así que no se le ocurrió abrir más la puerta.

Поэтому ему и в голову не пришло открыть дверь дальше.

Entonces habría habido suficiente espacio para Gregor.

Тогда места хватило бы и для Грегора.

Su única prioridad era conseguir que Gregor entrara a su habitación.

Его единственной задачей было затащить Грегора в свою комнату.

Habría tenido que ponerse de pie para poder pasar por la puerta.

Ему пришлось бы встать в полный рост, чтобы пройти в дверь.

Pero el padre no hubiera permitido tal maniobra.

Но отец не позволил бы такого маневра.

De hecho, le estaba siseando aún más salvajemente que antes.

На самом деле он шипел на него еще яростнее, чем прежде.

Sonaba como si más de un hombre le estuviera silbando.

По звуку казалось, что на него шипел не один, а несколько мужчин.

Sus demandas parecían tener una nueva urgencia detrás.

Его требования, казалось, обрели новую актуальность.

Realmente ya no había más tiempo para perder el tiempo.

Времени на безделье больше не оставалось.

Pasara lo que pasara, Gregor tenía que atravesar la puerta.

Что бы ни случилось, Грегору нужно было пройти через дверь.

Se abrió paso sin ningún respeto por sí mismo.

Он преодолел все трудности, не обращая внимания на собственное мнение.

Un lado de su cuerpo fue empujado hacia arriba por el movimiento.

Одна сторона его тела была вынуждена подняться вверх под действием движения.

Y él yacía torpe y torcido en el umbral de la puerta.

Он неуклюже и криво лежал между дверями.

Uno de sus flancos quedó en carne viva rozando la madera.

Один из его боков был въеден в кожу и терся о дерево.

Y había dejado feas manchas en la puerta pintada de blanco.

И он оставил отвратительные пятна на белой двери.

Las piernas de uno de sus costados colgaban temblando en el aire.

Ноги с одной стороны его тела дрожали и свисали в воздух.

Sus otras piernas estaban presionadas dolorosamente contra el suelo.

Остальные ноги болезненно вдавливались в пол.

Pronto se quedaría atrapado completamente entre las puertas.

Вскоре он окажется зажатым между дверью и стеной.

Y entonces no habría podido moverse en absoluto.

И тогда он вообще не смог бы двигаться.

Pero el padre le dio un fuerte empujón realmente liberador.

Но отец дал ему поистине освобождающий толчок.

Y cayó, sangrando profusamente, hasta el fondo de su habitación.

И он, истекая кровью, упал далеко в свою комнату.

El padre cerró la puerta tras de sí con su bastón.

Отец захлопнул за собой дверь, ударив по ней палкой.

Y finalmente hubo algo de paz y tranquilidad nuevamente.

И наконец, снова воцарились тишина и покой.

Часть вторая

Gregor no se despertó hasta mucho más tarde ese mismo día.
Грегор проснулся лишь гораздо позже в тот же день.
Había anochecido; había dormido profundamente e inconscientemente.
Наступили сумерки; он спал крепко и бессознательно.
Se habría despertado incluso sin que nadie lo hubiera molestado.
Он бы проснулся, даже если бы его не потревожили.
Porque se sentía suficientemente descansado y bien dormido.
Потому что он чувствовал себя достаточно отдохнувшим и хорошо выспавшимся.
Pero le pareció oír unos pasos fugaces afuera.
Но ему показалось, что он услышал мимолетные шаги снаружи.
Y alguien podría haber cerrado cuidadosamente la puerta principal.
А кто-то мог аккуратно закрыть входную дверь.
La luz del tranvía eléctrico se reflejaba pálidamente en el techo.
Свет электрического трамвая тускло отражался от потолка.
La parte superior del mueble también recibió un poco de luz.
Верхняя часть мебели тоже немного освещалась.
Pero allá abajo, a la altura de Gregor, estaba oscuro.
Но внизу, на уровне Грегора, было темно.
Sus piernas lo empujaron lentamente hacia la puerta nuevamente.
Его ноги медленно подтолкнули его обратно к двери.
Tenía mucha curiosidad por ver qué había sucedido allí.
Ему было очень любопытно узнать, что там произошло.
Pero su control de sus sensores aún no estaba desarrollado.

Однако контроль над своими усами у него еще не был
развит.
Aunque empezó a apreciar estos nuevos sensores.
Хотя он и начал ценить эти новые датчики.
**Una cicatriz larga y desagradable parecía recorrer su costado
izquierdo.**
По его левому боку тянулся длинный, неприятный шрам.
La cicatriz parecía como si apretara ese lado de su cuerpo.
Шрам как будто стягивал эту сторону его тела.
**Y entonces tuvo que cojear literalmente sobre sus dos filas
de piernas.**
И поэтому ему приходилось буквально хромать на своих
двух рядах ног.
Esa mañana una de sus piernas resultó gravemente herida.
В то утро он получил серьёзную травму одной из ног.
**Realmente fue un milagro que no se hubiera roto más
piernas.**
По правде говоря, это было чудо, что он не сломал еще
несколько ног.
Y así arrastró sin vida su pierna herida.
И вот он безжизненно волочил за собой раненую ногу.
Cuando llegó a la puerta se dio cuenta de algo profundo.
Дойдя до двери, он осознал нечто глубокое.
Fue el olor de algo lo que lo atrajo hasta allí.
Его туда привлёк запах чего-то.
A Gregor le habían dejado algo comestible en su habitación.
В комнате Грегора для него оставили что-то съедобное.
Trozos de pan blanco flotando en un cuenco de leche dulce.
В миске со сладким молоком плавают кусочки белого
хлеба.
Apenas podía contener la alegría que había dentro de él.
Он едва сдерживал радость, которая переполняла его.
Ahora tenía incluso más hambre que por la mañana.
Сейчас он был голоднее, чем утром.
Inmediatamente sumergió su cabeza en el cuenco de leche.
Он тут же опустил голову в миску с молоком.
La leche le salía casi por toda la cabeza, hasta los ojos.

Молоко вытекло почти по всей его голове, до самых глаз.

Pero pronto echó la cabeza hacia atrás, amargamente decepcionado.

Но вскоре он отдернул голову, горько разочарованный.

Comer era difícil debido a su delicado lado izquierdo.

Приём пищи был затруднён из-за слабости его левой стороны тела.

Y sólo podía comer jadeando con todo su cuerpo.

И есть он мог только тяжело дыша всем телом.

Pero esa no fue la verdadera razón de su decepción.

Но это не было истинной причиной его разочарования.

La leche siempre había sido uno de sus platos favoritos.

Молоко всегда было одним из его любимых блюд.

No tenía ninguna duda de que su hermana recordaba esto.

Он нисколько не сомневался, что его сестра это помнила.

Y esa fue la razón por la que le había dado leche.

Именно поэтому она и дала ему молока.

No podía explicar por qué ahora no le gustaba la leche.

Он не смог объяснить, почему ему теперь не нравится молоко.

Y se apartó del cuenco casi con reticencia.

И он отвернулся от чаши почти с неохотой.

Decepcionado, se arrastró de nuevo hasta el centro de la habitación.

Разочарованный, он пополз обратно в середину комнаты.

Desde allí pudo ver a través de la rendija de la puerta.

Здесь он мог видеть сквозь щель в двери.

Pudo ver que el fuego en la sala de estar estaba encendido.

Он видел, что в гостиной разгорелся камин.

Generalmente a esta hora el padre leía el periódico.

Обычно в это время отец читал газету.

Él siempre solía leerle a la madre en voz alta.

Он всегда читал матери повышенным голосом.

A veces la hermana también escuchaba al padre.

Иногда сестра тоже подслушивала разговоры отца.

Ella siempre le había contado a Gregor sobre esta lectura en voz alta.

Она всегда рассказывала Грегору об этом чтении вслух.

Pero hoy no se oía ningún sonido en la habitación.

Но сегодня из комнаты не доносилось ни звука.

Quizás este hábito ya había caído en desuso.

Возможно, эта привычка уже давно утрачена.

Un profundo silencio se había apoderado de todo el apartamento.

В квартире воцарилась глубокая тишина.

Aunque sabía que el apartamento ciertamente no estaba vacío.

Хотя он и знал, что квартира точно не пустует.

«¡Qué vida tan tranquila lleva la familia!», pensó Gregor.

«Какую спокойную жизнь ведёт эта семья», — подумал Грегор.

Y miró hacia la oscuridad con gran orgullo.

И он с огромной гордостью смотрел в темноту.

Estaba orgulloso de la vida que había podido darles.

Он гордился той жизнью, которую смог им подарить.

Estaba orgulloso del hermoso apartamento en el que vivían.

Он гордился прекрасной квартирой, в которой они жили.

¿Pero toda esta paz estaba a punto de tener un final terrible?

Но не грозил ли этому миру ужасный конец?

¿Les iban a quitar su prosperidad?

Неужели у них отнимут процветание?

¿Su satisfacción ahora era incierta en el futuro?

Неужели их счастье теперь будет под вопросом в будущем?

Pero él no quería perderse en tales pensamientos.

Но он не хотел погружаться в подобные мысли.

Para mantenerse ocupado se arrastraba arriba y abajo por las paredes.

Чтобы чем-то себя занять, он ползал вверх и вниз по стенам.

Durante la larga velada una puerta estaba entreabierta.

В течение долгого вечера одна дверь была слегка приоткрыта.

Y en otro momento la otra puerta se abrió un poquito.

А в другой раз другая дверь приоткрылась.

Pero en ambas ocasiones las puertas se cerraron rápidamente de nuevo.

Но оба раза двери тут же закрывались.

Estaba claro que alguien de fuera tenía el deseo de entrar.

Очевидно, кто-то посторонний хотел проникнуть внутрь.

Pero también tenían demasiadas preocupaciones acerca de venir.

Но у них также было слишком много опасений по поводу приезда.

Gregor ahora se detuvo directamente en la puerta de la sala de estar.

Грегор остановился прямо у двери гостиной.

Estaba decidido a tentar de algún modo al indeciso visitante.

Он был полон решимости каким-то образом соблазнить колеблющегося посетителя.

Y también quería saber quién había sido el visitante.

А ещё он хотел узнать, кто был этот посетитель.

Pero aquella noche la puerta no se abrió una tercera vez.

Но в тот вечер дверь так и не открыли в третий раз.

Y Gregorio esperaba en vano junto a la puerta.

И Григорий тщетно ждал у двери.

Más temprano ese día todos querían entrar a la habitación.

Ранее в тот день все они хотели войти в комнату.

Ahora que las puertas estaban desbloqueadas sería más fácil para ellos.

Теперь, когда двери были открыты, им будет легче.

Pero ellos prefirieron quedarse al otro lado de la habitación.

Но они предпочли остаться в другой части комнаты.

Gregor se dio cuenta de que las llaves ya no estaban en sus cerraduras.

Грегор заметил, что ключей больше нет в замках.

Alguien debe haber movido las llaves a la cerradura exterior.

Кто-то, должно быть, переставил ключи от наружного замка.

Sólo tarde por la noche se apagó la luz de la sala de estar.

Свет в гостиной выключали только поздно ночью.

La familia debe haber permanecido despierta todo el tiempo.

Семья, должно быть, не спала всё это время.

Y Gregor podía oírlos claramente alejándose de puntillas.

И Грегор ясно слышал, как они тихонько удалялись.

Ahora nadie vendría a ver a Gregor hasta la mañana.

Теперь до утра к Грегору никто не придет.

Así que tuvo mucho tiempo para sí mismo, para pensar sin interrupciones.

Таким образом, у него появилось много свободного времени, чтобы спокойно поразмышлять.

¿Cuál sería la mejor manera de reorganizar su vida ahora?

Как лучше всего перестроить его жизнь сейчас?

Pero las altas paredes de la habitación vacía lo asustaban.

Но высокие стены пустой комнаты напугали его.

No le quedó más remedio que tumbarse en el suelo.

У него не оставалось другого выбора, кроме как лечь на землю.

Y nunca encontró la causa de su miedo en ese espacio.

И причину своего страха он так и не нашел в этом месте.

Era la misma habitación en la que había vivido durante cinco años.

Это была та же самая комната, в которой он жил последние пять лет.

Medio inconscientemente hizo un movimiento hacia el sofá.

В полусознательном состоянии он двинулся к дивану.

Y sin ninguna vergüenza se escondió debajo del sofá.

И, ничуть не стесняясь, он спрятался под диваном.

Allí abajo se sintió inmediatamente de nuevo muy a gusto.

Там, внизу, он сразу же снова почувствовал себя очень комфортно.

A pesar de que tenía la espalda un poco presionada.

Несмотря на то, что его спина была немного прижата.

Ya no podía levantar la cabeza debajo del sofá.

Он больше не мог поднять голову и из-под дивана.

Pero incluso esto lo prefería a estar en cualquier espacio abierto.

Но даже это он предпочитал находиться на открытой местности.

Sin embargo, lamentó que su cuerpo fuera tan ancho.

Однако он сожалел о своей полноте.

El sofá no podía cubrir completamente todo su cuerpo.

Диван не мог полностью закрыть всё его тело.

Se quedó debajo del sofá toda la noche.

Он просидел под диваном всю ночь.

La noche la pasó medio dormido, perturbado por el hambre.

Всю ночь он провел в полусне, мучимый голодом.

Y el tiempo que estaba despierto lo pasaba preocupado o esperanzado.

А время, проведенное в бодрствующем состоянии, он либо беспокоился, либо надеялся.

Pero todas sus vagas esperanzas llevaron a la misma conclusión.

Но все его смутные надежды привели к одному и тому же выводу.

No tuvo más remedio que permanecer en silencio por el momento.

Ему ничего не оставалось, кроме как на время замолчать.

Tuvo que mostrar paciencia y consideración hacia la familia.

Ему пришлось проявить терпение и понимание по отношению к семье.

Era la única manera de hacer soportable el inconveniente.

Это был единственный способ сделать неудобства терпимыми.

Los inconvenientes que ahora estaba causando a la familia.

Какие неудобства он теперь причинял семье.

No tuvo que esperar mucho para demostrar su compasión.

Ему не пришлось долго ждать, чтобы доказать свою сострадательность.

Temprano por la mañana la hermana miró dentro de su habitación.

Рано утром сестра заглянула в его комнату.

Aunque en realidad era tan de noche como de mañana.

Хотя на самом деле это была скорее ночь, чем утро.

Ella estaba completamente vestida y parecía mostrar entusiasmo.

Она была полностью одета и, казалось, проявляла волнение.

La fuerza de su nueva decisión podría ser puesta a prueba.

Прочность его нового решения может быть проверена.

Ella no lo encontró inmediatamente con su primera mirada.

Она не сразу нашла его с первого взгляда.

Tenía que estar en algún lugar, no podía haber volado.

Он должен был быть где-то; он не мог улететь.

Pero entonces sus ojos hicieron un segundo recorrido por la habitación.

Но затем ее взгляд снова скользнул по комнате.

Y esta vez vio su torso debajo del sofá.

И на этот раз она заметила его торс под диваном.

Estaba tan asustada que perdió todo el control de sí misma.

Она так испугалась, что полностью потеряла самообладание.

Y su primera reacción fue cerrar la puerta de golpe.

И первой ее реакцией было снова захлопнуть дверь.

Pero también pareció arrepentirse inmediatamente de su comportamiento.

Но, похоже, она тут же пожалела о своем поведении.

Tan pronto como cerró la puerta de golpe, la abrió de nuevo.

Как только она захлопнула дверь, она тут же открыла её снова.

Y esta vez entró de puntillas en la habitación con cuidado.

И на этот раз она тихонько, на цыпочках, вошла в комнату.

Se movía como si estuviera visitando a una persona gravemente enferma.

Она двигалась так, словно навещала тяжелобольного человека.

O tal vez estaba visitando a un completo desconocido.

Или же она могла навестить совершенно незнакомого человека.

Gregor empujó su cabeza casi hasta el borde del sofá.

Грегор почти до самого края дивана уткнулся головой в него.

Y desde debajo de la caja fuerte la observaba en la habitación.

И из-под сейфа он наблюдал за ней в комнате.

¿Se daría cuenta de que había dejado la leche?

Заметит ли она, что он оставил молоко?

No había dejado la leche por falta de hambre.

Он не отходил от молока из-за отсутствия голода.

¿En lugar de eso le traería comida diferente?

Она собиралась принести ему другую еду?

Quizás un plato que se ajustara mejor a sus preferencias.

Возможно, это блюдо лучше соответствовало его предпочтениям.

Pero ella misma habría tenido que notar su apetito.

Но ей пришлось бы самой заметить его аппетит.

Preferiría morir de hambre antes que hacerle saber eso.

Он скорее бы умер от голода, чем дал ей об этом узнать.

En realidad le habría gustado mucho decírselo.

На самом деле ему очень хотелось бы ей это рассказать.

Estuvo realmente tentado de disparar desde debajo del sofá.

Ему очень хотелось выскочить из-под дивана.

Quería arrojarse a los pies de su hermana.

Ему хотелось броситься к ногам сестры.

Y quiso pedirle algo bueno para comer.

И он хотел попросить у неё что-нибудь вкусненькое.

Pero entonces la hermana miró hacia el cuenco de leche.

Но тут сестра посмотрела на миску с молоком.

Inmediatamente se dio cuenta de que el cuenco todavía estaba lleno.

Она сразу заметила, что миска всё ещё полна.

Le sorprendió bastante que Gregor no hubiera comido nada.

Она была весьма удивлена, что Грегор ничего не ел.

Sólo se había derramado un poco de leche en el suelo.

На пол пролилось лишь немного молока.

Inmediatamente cogió el cuenco y lo sacó.

Она тут же схватила миску и вынесла её.

Él vio que ella no recogió el cuenco con sus propias manos.

Он увидел, что она не взяла миску голыми руками.

En lugar de eso, recogió el cuenco con uno de los trapos.

Вместо этого она взяла миску, используя одну из тряпок.

Pero Gregor se olvidó muy rápidamente de este pequeño detalle.

Но Грегор очень быстро забыл об этой незначительной детали.

Ahora estaba mucho más entusiasmado por otra cosa.

Теперь его гораздо больше интересовало другое.

¿Qué podría traer como reemplazo de la leche?

Чем она могла бы заменить молоко?

Tenía varios pensamientos sobre lo que ella podría traer.

У него были разные мысли о том, что она могла бы привнести.

Pero la bondad de su hermana superó sus expectativas.

Но доброта его сестры превзошла все его ожидания.

Se dio cuenta de que tenía que probar cuáles eran sus nuevos gustos.

Она поняла, что должна проверить, какие у него новые вкусы.

Así que trajo toda una selección de alimentos diferentes.

Поэтому она принесла целый набор разных продуктов.

Verduras medio podridas, huesos de la cena.

Полусгнившие овощи, кости от вечерней трапезы.

Salsa solidificada de la otra comida que habían comido.

Застывший соус от предыдущего приема пищи.

Unas pasas, unas almendras, pan seco, pan con mantequilla.

Несколько изюминок, немного миндаля, сухой хлеб, хлеб с маслом.

Un poco de pan untado con mantequilla y también con sal.

Немного хлеба, намазанного маслом и посоленного.

Queso que Gregor había declarado incomestible hacía dos días.

Сыр, который Грегор два дня назад объявил несъедобным.

Toda esta selección de comida fue colocada en un periódico.

Весь этот ассортимент продуктов был выложен на газете.

Y también colocó un recipiente con agua al lado de sus comidas.

А еще она поставила рядом с его едой миску с водой.

Ella sabía que Gregor no habría comido delante de ella.

Она знала, что Грегор не стал бы есть при ней.

Entonces, por respeto hacia él, salió nuevamente de la habitación.

Поэтому из уважения к нему она снова вышла из комнаты.

Y hasta giró la llave en la cerradura al salir.

И она даже повернула ключ в замке, когда уходила.

Pero ella giró la llave muy silenciosamente y con mucho cuidado.

Но она повернула ключ очень тихо и осторожно.

De esta manera sólo Gregor sabría que la puerta estaba cerrada.

Таким образом, только Грегор узнает, что дверь заперта.

Ahora podía ponerse tan cómodo como quisiera.

Теперь он мог устроиться поудобнее, чем хотел.

Las piernas de Gregor zumbaban cuando llegó la hora de comer.

Когда пришло время есть, ноги Грегора хрипели.

Lo que vale la pena destacar es que ya no sentía ninguna molestia.

Стоит отметить, что он больше не испытывал никакого дискомфорта.

Sus heridas deben haber sanado ya por completo.

Его раны, должно быть, уже полностью зажили.

Porque ya no sentía sus discapacidades anteriores.

Потому что он больше не ощущал своих прежних недостатков.

Su nueva capacidad de curar lo sorprendió y lo asombró.

Его новая способность к исцелению удивила и поразила его самого.

Hace más de un mes se cortó el dedo con un cuchillo.

Более месяца назад он порезал палец ножом.

Hasta hace dos días esa herida todavía le dolía.

Ещё два дня назад эта рана продолжала болеть.

"¿Soy mucho menos sensible ahora?" pensó para sí mismo.

«Неужели я стал намного менее чувствительным?» — подумал он про себя.

Para entonces ya estaba chupando con avidez el queso.

К этому моменту он уже жадно посасывал сыр.

Se sintió atraído por el queso más que por el resto de la comida.

Его больше привлек сыр, чем другие продукты.

Comió rápidamente un trozo de queso tras otro.

Он быстро съел один кусочек сыра за другим.

Sus ojos se llenaron de lágrimas de satisfacción al probarlo.

При виде этого вкуса у него на глазах выступили слезы удовлетворения.

Después del queso comió las verduras y la salsa.

После сыра он съел овощи и соус.

Sin embargo, la comida fresca no le sabía bien.

Однако свежие продукты ему не понравились на вкус.

De hecho, ni siquiera podía soportar el olor de la comida fresca.

На самом деле, он даже запах свежей еды не выносил.

Incluso arrastró el resto de la comida lejos de la comida fresca.

Он даже оттащил другую еду подальше от свежих продуктов.

Y muy rápidamente terminó la comida más comestible.

И очень быстро он съел самую съедобную еду.

Toda aquella deliciosa comida tuvo sobre él un efecto soporífero.

Вся эта вкусная еда оказывала на него усыпляющее действие.

Y él permaneció acostado perezosamente en el lugar donde había comido.

И он лениво лежал на том самом месте, где только что ел.

Finalmente su hermana regresó para ver cómo estaba nuevamente.

В конце концов, его сестра вернулась, чтобы снова проведать его.

Tuvo la previsión de girar la llave muy lentamente.

Она предусмотрительно повернула ключ очень медленно.

Esto le dio a Gregor una advertencia de que debía retirarse.

Это послужило для Грегора предупреждением о необходимости отступить.

Aturdido y sobresaltado, se apresuró a volver debajo del sofá.

Ошеломленный и испуганный, он поспешил обратно под диван.

Pero quedarse debajo del sofá no fue tan fácil esta vez.

Но в этот раз укрыться под диваном оказалось не так-то просто.

Su cuerpo se había vuelto un poco redondeado por tanta comida.

От всей этой еды его тело немного округлилось.

Y tuvo que controlarse para no quedarse sin nada otra vez.

И ему пришлось сдерживаться, чтобы снова не выбежать.

Aunque la hermana no permaneció mucho tiempo en la habitación.

Хотя сестра и ненадолго задержалась в комнате.

Le costaba respirar en ese estrecho espacio.

Ему было трудно дышать в этом тесном пространстве.

Pero él siguió adelante a pesar de los pequeños ataques de asfixia.

Но он преодолел кратковременные приступы удушья.

Con ojos desorbitados observaba las actividades de la hermana.

Он выпучив глаза, наблюдал за действиями сестры.

La hermana desprevenida vertió todo en un balde.

Ничего не подозревающая сестра вылила всё в ведро.

Ella no sólo se deshizo de la comida que Gregor no había comido.

Она не только выбросила еду, которую Грегор не съел.

Pero también se deshizo de la comida que él no había tocado.

Но она также выбросила и ту еду, к которой он не прикасался.

Al parecer esa comida ya no era comestible para nadie.

По всей видимости, эта еда теперь стала непригодной для употребления в пищу.

Luego cerró el cubo de comida con una tapa de madera.

Затем она закрыла ведро с едой деревянной крышкой.

Y con la comida, el balde y el trapeador, se fue.

И, взяв с собой еду, ведро и швабру, она ушла.

Gregor no habría podido esperar mucho más tiempo.

Грегор не смог бы ждать дольше.

Tan pronto como ella se fue, él se escapó de debajo del sofá.

Как только она ушла, он вылез из-под дивана.

Y se estiró y resopló aliviado.

И он вытянулся, тяжело дыша от облегчения.

Así recibía Gregorio comida de vez en cuando.

Так Грегор время от времени получал еду.

Su hermana le dio de comer una vez temprano en la mañana.

Однажды рано утром сестра принесла ему еду.

A esta hora los padres y la criada todavía dormían.

В это время родители и служанка еще спали.

Y recibió una segunda comida después de que todos almorzaron.

И после того, как все пообедали, он получил вторую порцию еды.

Porque en ese momento los padres también durmieron un rato.

Потому что в это время родители тоже немного поспали.

Y la doncella fue enviada por su hermana a hacer algún recado.

А служанку сестра отправила по какому-то поручению.

Ciertamente no tenían intención de dejar morir de hambre a Gregor.

Они, конечно же, не собирались морить Грегора голодом.

Pero tampoco hubieran querido verlo comer.

Но им бы и смотреть, как он ест, они бы не захотели.

Lo que mencionó la hermana fue suficiente información.

Информации, упомянутой сестрой, было достаточно.

Quizás era su manera de ahorrarles dolor a los padres.

Возможно, таким образом она хотела избавить родителей от горя.

Ya habían sufrido bastante por sus acciones.

Они и так достаточно пострадали от его поступков.

El primer día se iba convirtiendo poco a poco en un recuerdo lejano.

Первый день постепенно становился далёким воспоминанием.

Gregor no tenía forma de saber lo que pasó ese día.

Грегор никак не мог знать, что произошло в тот день.

¿Cómo fue guiado el cerrajero fuera del apartamento?

Как слесаря вывели из квартиры?

¿Con qué excusas quedó finalmente satisfecho el médico?

Какими же оправданиями врач в конце концов остался доволен?

No había encontrado ningún modo de hacerse entender.

Он так и не смог объясниться.

Ni siquiera logró comunicarse con su hermana.

Ему даже не удалось связаться со своей сестрой.

Y entonces pensaron que no podía entenderlos.

И поэтому они думали, что он их не понимает.

Y por eso no se hizo ningún esfuerzo para hablar con él.

Поэтому никаких попыток поговорить с ним предпринято не было.

Su hermana entraba en su habitación todas las mañanas y a la hora del almuerzo.

Каждое утро и в обед к нему в комнату приходила его сестра.

Pero él tuvo que contentarse con escuchar sus suspiros.

Но ему оставалось лишь довольствоваться ее вздохами.

Más tarde se acostumbró un poco más a la forma de Gregor.

Позже она немного привыкла к облику Грегора.

Y se sintió un poco más libre para hacer más comentarios.

И она почувствовала себя немного свободнее, чтобы высказывать больше замечаний.

(Aunque nunca se acostumbraría del todo a él.)

(Хотя она так и не смогла полностью к нему привыкнуть.)

Y entonces Gregor se sintió nuevamente hablado un poco más.

И тогда Грегор почувствовал, что к нему снова кто-то обращается.

Y captó lo que percibió como comentarios amistosos.

И он услышал то, что воспринял как дружелюбные комментарии.

"Disfrutó su comida hoy" o "comió todo".

«Сегодня ему очень понравилась еда» или «он съел всё».

Pero eso fue sólo cuando hubo comido toda su comida.

Но это произошло только после того, как он съел всю свою еду.

Pero últimamente esto se está volviendo cada vez menos frecuente.

Но в последнее время это стало происходить все реже и реже.

"Apenas tocaba la comida", decía ella con más frecuencia ahora.

«Он почти не притрагивался к еде», — стала она говорить все чаще.

Y había un toque de tristeza en su voz cada vez.

И каждый раз в её голосе звучала нотка грусти.

Gregor no pudo escuchar ninguna otra noticia más directamente.

Грегор не мог услышать никаких других новостей более непосредственно.

Pero escuchó muchas noticias de las habitaciones contiguas.

Но из соседних комнат он услышал много новостей.

Al oír voces corrió hacia la puerta correspondiente.

Услышав голоса, он побежал к соответствующей двери.

Y apretó todo su cuerpo contra la puerta para escuchar.

И он прижался всем телом к двери, чтобы услышать.

Todas las conversaciones le concernían de una manera u otra.

Все разговоры так или иначе касались его.

Incluso cuando el tema parecía ser sobre otra cosa.

Даже когда тема, казалось бы, касалась чего-то другого.

Esta observación fue especialmente cierta en los primeros tiempos.

Это наблюдение было особенно справедливо в первые дни.

Durante cada comida repetían la misma discusión.

Во время каждого приема пищи они повторяли одну и ту же дискуссию.

Todavía no estaban seguros de cómo comportarse a su alrededor.

Они всё ещё не знали, как вести себя с ним.

Pero el mismo tema también se discutió entre comidas.

Но эта же тема обсуждалась и в перерывах между приемами пищи.

Porque siempre había dos miembros de la familia en casa.

Потому что дома всегда находились два члена семьи.

Nadie quería quedarse solo en la casa.

Никто не хотел оставаться в доме один.

Pero dejar el piso vacío tampoco era una opción.

Но оставлять квартиру пустой тоже было исключено.

La criada era la única que no estaba atada al apartamento.

Горничная была единственной, кто не был привязан к квартире.

Ella ya había pedido irse el primer día.

Она попросила об отъезде еще в первый же день.

Ella se puso de rodillas y pidió que la despidieran.

Она опустилась на колени и умоляюще попросила отпустить её.

La familia no sabía cuánto sabía realmente la criada.

Семья не знала, насколько хорошо горничная была осведомлена на самом деле.

En ese momento ella no había visto más que nadie.

На тот момент она видела не больше, чем кто-либо другой.

Lo sucedido todavía era un misterio para la familia.

Что именно произошло, для семьи оставалось загадкой.

Pero un cuarto de hora después se despidió.

Но спустя четверть часа она попрощалась.

Y agradeció a la familia con lágrimas en los ojos.

И она со слезами на глазах поблагодарила семью.

Pero en realidad les agradeció por haberla liberado.

Но на самом деле она поблагодарила их за то, что они её отпустили.

Parecían haberle mostrado la mayor bondad.

Похоже, они проявили к ней величайшую доброту.

Incluso hizo un juramento sin que se lo pidieran.

Она даже дала клятву, не будучи об этом попрошена.

Dijo que no le contaría a nadie lo que había sucedido.

Она сказала, что никому не расскажет о случившемся.

Ahora la hermana tenía que cocinar junto con su madre.

Теперь сестре приходилось готовить вместе с матерью.

Pero esto realmente no era un gran inconveniente.

Но это не доставляло особых неудобств.

Porque de todas formas los dos no comían casi nada.

Потому что они оба и так почти ничего не ели.

Gregor escuchó una y otra vez la misma conversación.

Грегор снова и снова подслушивал один и тот же разговор.

Una persona le decía a otra que tenía que comer más.

Один человек говорил другому, что ему нужно больше есть.

Pero esa persona no recibió ninguna respuesta de la persona.

Но этот человек не получил ответа от другого человека.

"Gracias, tengo suficiente", o algo similar.

«Спасибо, мне и так достаточно», или что-то подобное.

Quizás ya no bebían nada tampoco.

Возможно, они тоже перестали что-либо пить.

La hermana a menudo le preguntaba a su padre si quería cerveza.

Сестра часто спрашивала отца, не хочет ли он пива.

Y ella misma se ofreció calurosamente a ir a buscar la cerveza.

И она любезно предложила сама принести пиво.

El padre siempre permanecía en silencio ante su petición.

Отец всегда хранил молчание по ее просьбе.

Así que la hermana tuvo que encontrar una manera de eliminar cualquier duda.

Поэтому сестре нужно было найти способ развеять любые сомнения.

Y ella dijo que enviaría a la criada a buscar algo de cerveza.

И она сказала, что пошлет горничную за пивом.

Pero entonces el padre finalmente dijo un gran y rotundo "no".

Но затем отец наконец решительно и недвусмысленно сказал: «Нет».

Luego ya no se volvió a mencionar el tema de tomar una cerveza.

Затем тема о том, что он пил пиво, больше не поднималась.

Ya había explicado anteriormente la situación financiera.

Он уже объяснял финансовую ситуацию ранее.

De hecho, mencionó las finanzas el primer día.

Фактически, он упомянул финансы в самый первый день.

Les hizo saber perfectamente cuáles eran las perspectivas.

Он дал им четкое представление о перспективах.

Su propio negocio se había derrumbado hacía unos cinco años.

Его собственный бизнес обанкротился около пяти лет назад.

De vez en cuando se levantaba para abandonar la mesa.

Время от времени он вставал, чтобы покинуть стол.

Y se dirigió a la caja registradora de su antiguo negocio.

И он подошёл к кассе своего старого магазина.

Había salvado la caja registradora por sentimentalismo.

Он сохранил кассовый аппарат из сентиментальных соображений.

Gregor lo oyó abrir una cerradura pesada y complicada.

Грегор услышал, как он отпирает тяжелый и сложный замок.

Y sacó recibos y libros de la caja.

И он достал из кассы квитанции и книги.

Después de tomar los objetos volvió a cerrar la caja fuerte.

Взяв предметы, он снова запер кассу.

Gregor no había tenido buenas noticias desde su encarcelamiento.

С момента заключения под стражу Грегор не слышал никаких хороших новостей.

Pensó que el negocio había llevado a la quiebra a su padre.

Он считал, что этот бизнес разорил его отца.

El padre seguramente le había dado esa impresión a Gregor.

Отец, безусловно, произвел на Грегора именно такое впечатление.

Y Gregor nunca le preguntó más sobre las finanzas.

И Грегор больше никогда не расспрашивал его о финансах.

Gregor quería hacer todo lo posible para ayudar a la familia.

Грегор хотел сделать все возможное, чтобы помочь семье.

Quería ayudarlos a olvidar la desgracia empresarial.

Он хотел помочь им забыть о неудачах в бизнесе.

La quiebra que provocó la desesperanza más completa.

Банкротство, которое привело к полной безнадежности.

Así que empezó a trabajar con una pasión muy especial.

Поэтому он начал работать с особым, неподдельным рвением.

Se había convertido en un vendedor ambulante casi de la noche a la mañana.

Он практически в одночасье стал коммивояжером.

Antes de eso, sólo había trabajado como empleado con un salario bajo.

До этого он работал всего лишь низкооплачиваемым клерком.

Ahora tenía oportunidades de ingresos completamente diferentes.

Теперь у него появились совершенно другие возможности заработка.

Las ventas exitosas podrían convertirse inmediatamente en efectivo.

Успешные продажи могли быть немедленно конвертированы в наличные деньги.

El dinero en efectivo, por supuesto, se paga con sus comisiones.

Разумеется, деньги выплачиваются из его комиссионных.

Ahora Gregor podía poner dinero en la mesa familiar.

Теперь Грегор смог обеспечить семью деньгами.

Y estaban asombrados y contentos con sus ganancias.

И они были поражены и обрадованы его заработком.

Pero esos tiempos hermosos no se repetirán nuevamente.

Но эти прекрасные времена больше никогда не повторятся.

Apenas se habían acostumbrado a esos buenos tiempos.

Они только-только привыкли к этим прекрасным временам.

Cada día de pago la familia aceptaba el dinero con gratitud.

В день каждой зарплаты семья с благодарностью принимала деньги.

Y Gregor estaba igualmente feliz de entregar el dinero.

И Грегор с таким же удовольствием отдал деньги.

Pero el cálido afecto que recibía a cambio fue muriendo lentamente.

Но тёплая привязанность, проявленная в ответ, постепенно угасла.

Sólo su hermana permaneció tan cerca de Gregor como antes.

Лишь его сестра осталась так же близка к Грегору, как и прежде.

Ella, a diferencia de Gregor, tenía un profundo aprecio por la música.

В отличие от Грегора, она глубоко ценила музыку.

Y ella sabía tocar el violín de una manera muy conmovedora.

И она умела играть на скрипке очень трогательно.

Gregor planeó en secreto enviarla a la escuela de música.

Грегор тайно планировал отправить её в музыкальную школу.

Aún no había decidido cómo pagaría los gastos.

Он еще не решил, как будет оплачивать расходы.

Pero de una forma u otra cubriría los costos.

Но так или иначе он покроет расходы.

De vez en cuando Gregor y su familia hacían pequeños viajes.

Иногда Грегор и его семья совершали короткие поездки.

Gregor y su hermana abordaron este tema con frecuencia.

Грегор и его сестра часто поднимали эту тему.

Pero sólo se mencionó como una idea maravillosa.

Но об этом упоминалось лишь как о замечательной идее.

Realmente no creían que el sueño pudiera realizarse.

Они не очень-то верили, что эта мечта может осуществиться.

Y a los padres no les gustaban esas ambiciones fantasiosas.

А родителям такие нелепые амбиции не нравились.

Incluso cuando el tema se planteó de manera muy inocente.

Даже когда эта тема поднималась совершенно невинно.

Pero Gregor seguía pensando en la escuela de música.

Но Грегор продолжал думать о музыкальной школе.

Y tenía pensado anunciar el regalo en Nochebuena.

И он планировал объявить о подарке в канун Рождества.

Por supuesto, en su estado actual sería imposible.

Конечно, в его нынешнем состоянии это было бы невозможно.

Pero ese tipo de pensamientos pasaban por su cabeza.

Но подобные мысли проносились у него в голове.

Y tenía estos pensamientos mientras escuchaba a la familia.

И такие мысли посещали его, когда он слушал рассказы семьи.

A veces se cansaba demasiado para seguir escuchándolos.

Порой он так уставал, что не мог продолжать их слушать.

Su cabeza cayó contra la puerta por el cansancio.

От усталости он ударился головой о дверь.

Pero inmediatamente volvió a apoyar la cabeza contra la puerta.

Но он тут же снова прислонил голову к двери.

Porque incluso el ruido más leve se podía oír afuera.

Потому что даже малейший шум был слышен снаружи.

Y cualquier ruido que hacía hacía que la familia se quedara en silencio.

Любой шум, который он издавал, заставлял семью замолчать.

"¿Qué está haciendo ahora?" preguntó el padre a la familia.

«Что он сейчас делает?» — спросил отец у семьи.

Y fue a la puerta para comprobar qué era aquel ruido.

И он подошел к двери, чтобы проверить, что это за шум.

Y luego la conversación interrumpida se reanudó gradualmente.

А затем прерванный разговор постепенно возобновился.

Pero lo que dijo el padre sorprendió positivamente a todos.

Но слова отца приятно удивили всех.

Gregor ahora conoció la verdadera situación de las finanzas.

Грегор теперь узнал истинное финансовое положение дел.

A pesar de todas las desgracias, hubo algo de buena suerte.

Несмотря на все неудачи, была и доля удачи.

Aún quedaba allí una muy pequeña fortuna de los viejos tiempos.

Там ещё оставалось небольшое состояние, накопленное в былые времена.

El padre explicó las cosas, pero tuvo que repetirlas.

Отец всё объяснил, но ему пришлось повторить.

Porque hacía tiempo que no se ocupaba de estas cosas.

Потому что он давно не сталкивался с подобными вещами.

Y porque la madre no entendía tales cosas.

А потому что мать не понимала таких вещей.

Los tipos de interés del banco habían subido un poco.

Процентные ставки банка немного повысились.

El dinero intacto había aumentado más de lo esperado.

Объем нетронутых денежных средств увеличился больше, чем ожидалось.

Además Gregor siempre les había dado sus ahorros.

Кроме того, Грегор всегда отдавал им свои сбережения.

Sólo había conservado unos pocos florines para sí.

Он всегда оставлял себе лишь несколько гульденов.

Y su dinero aún no se había agotado por completo.

И деньги у него тоже не были потрачены полностью.

En conjunto, este dinero se había acumulado hasta formar un pequeño capital.

Вместе эти деньги скопились и образовали небольшой капитал.

Gregor, detrás de su puerta, asintió con entusiasmo ante la noticia.

Грегор, стоявший за дверью, с нетерпением кивнул в ответ на эту новость.

Le agradó esta inesperada cautela y frugalidad.

Его порадовали эта неожиданная осторожность и бережливость.

Los fondos sobrantes podrían haberse utilizado para pagar la deuda.

Излишки средств можно было бы использовать для погашения долга.

Entonces ya no le deberían nada al patrón.

Тогда они бы больше ничего не были должны боссу.

Y Gregor podría haber cambiado de trabajo mucho antes.

И Грегор мог бы устроиться на новую работу гораздо раньше.

Pero ahora la manera como el padre lo dispuso estaba mucho mejor.

Но теперь отец всё организовал гораздо лучше.

El dinero no era suficiente para vivir de los intereses.

Денег не хватало на жизнь за счет процентов.

Y había que reservar algo de dinero para emergencias.

И пришлось отложить часть средств на случай чрезвычайных ситуаций.

Sólo habría sido suficiente dinero para uno o dos años.

Этих денег хватило бы лишь на год-два.

Esto significaba que alguien tenía que ganar dinero para que pudieran vivir.

Это означало, что кто-то должен был зарабатывать деньги, чтобы они могли жить.

El padre no estaba enfermo y era bastante fuerte.

Отец не был болен и был достаточно силен.

Pero llevaba más de cinco años sin trabajo.

Но он не работал уже более пяти лет.

Y, debido a su edad, le quedaba poca confianza en sí mismo.

А из-за возраста у него практически не осталось уверенности в себе.

También había engordado mucho en los últimos tiempos.

В последнее время он также сильно поправился.

Su vida siempre había sido ardua y sin éxito.

Его жизнь всегда была полна трудностей и неудач.

Y éstas habían sido las primeras vacaciones que había tenido.

И это был его первый в жизни отпуск.

Y sin estar ocupado se había vuelto bastante torpe.

А из-за отсутствия постоянной занятости он стал довольно неуклюжим.

¿Sería mejor si la anciana madre ganara el dinero?

А может, лучше было бы, если бы деньги зарабатывала пожилая мать?

La anciana madre que sufría de asma.

Пожилая мать, страдавшая астмой.

La anciana madre que luchaba por subir las escaleras.

Пожилая мать, с трудом поднимающаяся по лестнице.

La anciana madre que pasaba el tiempo tumbada en el sofá.

Старая мать, которая проводила время, валяясь на диване.

La anciana madre que prefería quedarse junto a la ventana.

Старушка, которая предпочитала сидеть у окна.

Para poder recuperar el aliento cuando lo necesitara.

Чтобы она могла перевести дух, когда ей это было необходимо.

¿Sería mejor si la hermana joven ganara el dinero?

А может, лучше было бы, если бы младшая сестра зарабатывала деньги?

La hermana, que a sus diecisiete años era todavía apenas una niña.

Сестра, которой в семнадцать лет было еще совсем мало.

La hermana que sólo tuvo unos pocos placeres modestos.

Сестра, у которой было лишь несколько скромных
радостей.
**La hermana a quien le gustaba principalmente tocar el
violín.**
Сестра, которая больше всего любила играть на скрипке.
Ella sabía que su anterior forma de vida era muy envidiable;
Она знала, что ее прежний образ жизни был весьма
завидным;
Vestirse bien, levantarse tarde, ayudar en la casa.
Хорошо одеваться, поздно просыпаться, помогать по
дому.
**La conversación a menudo giraba en torno a la necesidad de
ganar dinero.**
Разговор часто переходил к необходимости зарабатывать
деньги.
Gregor siempre era el primero en soltar la puerta.
Грегор всегда первым отпускал дверь.
La conversación lo puso caliente de vergüenza y dolor.
Этот разговор поверг его в ярость от стыда и горя.
Entonces se dejó caer en el refrescante sofá de cuero.
И он бросился на остывший кожаный диван.
Y a menudo pasaba el resto de la noche en el sofá.
И он часто проводил остаток ночи на диване.
Nunca durmió realmente en el sofá, ni tampoco por la noche.
Он никогда по-настоящему не спал ни на диване, ни по
ночам.
**A menudo, simplemente se quedaba rascando el cuero
durante horas y horas.**
Часто он просто часами царапал кожу.
Otras veces empujaba el sillón hacia la ventana.
В других случаях он подталкивал кресло к окну.
Esto solo requirió un gran esfuerzo de su parte.
Уже одно это потребовало от него огромных усилий.
El sillón le ayudó a subirse al alféizar de la ventana.
Кресло помогло ему забраться на подоконник.
Y desde allí pudo apoyarse en la ventana.
И оттуда он смог прислониться к окну.

Solía sentir una gran sensación de libertad al hacer esto.

Раньше, занимаясь этим, он испытывал огромное чувство свободы.

Quizás estaba buscando algún viejo sentimiento liberador.

Возможно, он искал какое-то старое чувство свободы.

Pero su visión no era tan nítida como solía ser.

Но зрение у него уже не было таким острым, как раньше.

Las cosas a cierta distancia se veían borrosas e indistintas.

Предметы на небольшом расстоянии были размытыми и нечеткими.

Ya no podía ver el hospital al otro lado de la calle.

Он больше не видел больницу через дорогу.

Antes había maldecido la vista, ahora quería verla.

Раньше он проклинал этот вид, а теперь хотел его увидеть.

Sabía que vivía en la tranquila y urbana Charlottenstrasse.

Он знал, что живет в тихом, городском районе Шарлоттенштрассе.

Pero podría haber pensado que estaba mirando el desierto.

Но, возможно, он думал, что смотрит в пустыню.

Un páramo donde el cielo gris y la tierra gris se fusionaban.

Пустыня, где серое небо и серая земля слились воедино.

La atenta hermana notó dos veces que la silla se había movido.

Внимательная сестра дважды заметила, что стул передвинули.

Después de ordenar, empujó la silla hacia la ventana.

Приведя порядок, она отодвинула стул обратно к окну.

Y a partir de ahora incluso dejó la ventana abierta.

И с этого момента она даже оставляла оконную раму открытой.

Gregor realmente hubiera deseado poder hablar con su hermana.

Грегору очень хотелось поговорить со своей сестрой.

Quería agradecerle por todo lo que hizo por él.

Он хотел поблагодарить её за всё, что она для него сделала.

Entonces habría tolerado más fácilmente sus servicios.

Тогда он бы легче терпел их услуги.

Pero tal como estaban las cosas, él sufrió por su ayuda.

Но в сложившейся ситуации он страдал от того, что она ему помогала.

La hermana, por supuesto, intentó disimular la vergüenza.

Сестра, конечно же, попыталась сгладить неловкость ситуации.

Y ella hizo todo lo posible para fingir que no se sentía agobiada.

И она изо всех сил старалась притвориться, что не чувствует себя обремененной.

Por supuesto, esto es algo que tenía que practicar primero.

Конечно, сначала ей нужно было это потренироваться.

Y cuanto más tiempo pasaba, mejor lo hacía.

И чем больше проходило времени, тем лучше у нее это получалось.

Pero a Gregor también se le dio más tiempo para ver su pretensión.

Но Грегору также дали больше времени, чтобы он смог увидеть её притворство.

Incluso su entrada a su habitación fue una prueba para él.

Даже её появление в его комнате стало для него испытанием.

Tan pronto como entró, corrió directamente a la ventana.

Как только она вошла, она сразу же подбежала к окну.

Ni siquiera se tomó el tiempo de cerrar la puerta.

Она даже не удосужилась закрыть дверь.

Normalmente ella evitaba que todos vieran la habitación de Gregor.

Обычно она не показывала никому комнату Грегора.

Y abrió la ventana de golpe con manos apresuradas.

И она торопливо распахнула окно.

Luego volvió a respirar como si se estuviera asfixiando.

Затем она снова вздохнула, словно задыхалась.

El aire que entraba era frío y ella respiraba profundamente.

Воздух, поступавший внутрь, был холодным, и она глубоко вдохнула.

Pero aún así se quedó junto a la ventana por un rato.

Но, несмотря ни на что, она еще некоторое время
оставалась у окна.
Con esta rutina asustaba a Gregor dos veces al día.
Этим ритуалом она дважды в день пугала Грегора.
**Mientras ella estaba en la habitación él temblaba debajo del
sofá.**
Пока она была в комнате, он дрожал под диваном.
**Él sabía que a ella le habría gustado ahorrarle esa terrible
experiencia.**
Он знал, что она хотела бы избавить его от этого
испытания.
**Pero ella no podía estar en la habitación con la ventana
cerrada.**
Но она не могла находиться в комнате с закрытым окном.
Hubo una ocasión en que ella llegó un poco antes.
Однажды она пришла немного раньше.
**Probablemente alrededor de un mes después de la
transformación de Gregor.**
Вероятно, примерно через месяц после превращения
Грегора.
Ella se había acostumbrado un poco a su nueva apariencia.
Она уже немного привыкла к его новой внешности.
**Así que ya no tenía por qué estar particularmente
sorprendida.**
Поэтому у нее больше не было причин для особого шока.
Ella lo encontró todavía mirando por la ventana, inmóvil.
Она обнаружила, что он по-прежнему неподвижно
смотрит в окно.
**Estaba en el lugar más horrible en el que podría haber
estado.**
Он оказался в самом ужасном положении, в каком только
мог оказаться.
No le habría sorprendido si ella no hubiera entrado.
Он бы не удивился, если бы она не вошла.
Donde le impidió abrir la ventana.
Находясь в этом месте, он не позволил ей открыть окно.
Ella salió rápidamente de la habitación y cerró la puerta.

Она быстро вышла из комнаты и закрыла дверь.

Un extraño podría haber llegado a todo tipo de conclusiones.

Посторонний человек мог прийти к самым разным выводам.

Quizás sólo estaba esperando la oportunidad de morderla.

Возможно, он просто ждал подходящего момента, чтобы укусить её.

Gregor, por supuesto, se escondió inmediatamente debajo del sofá.

Грегор, разумеется, тут же спрятался под диван.

Pero tuvo que esperar hasta el mediodía para que su hermana regresara.

Но ему пришлось ждать до полудня, пока вернется его сестра.

Y ella parecía mucho más inquieta que de costumbre.

И она казалась гораздо более беспокойной, чем обычно.

Se dio cuenta de que verlo todavía era insoportable.

Он понял, что вид этого человека по-прежнему невыносим.

Verlo seguiría siendo insoportable para ella.

Вид его оставался для неё невыносимым.

Probablemente no podría soportar ver ninguna parte de él.

Вероятно, она не могла вынести вида ни одной его части.

Siempre sobresalía una pequeña parte de debajo del sofá.

Небольшая часть постоянно торчала из-под дивана.

Un día llevó una sábana sobre su espalda hasta el sofá.

Однажды он донес простыню на спине до дивана.

Quería evitar que ella viera cualquier parte de él.

Он хотел уберечь её от того, чтобы она увидела хоть какую-то его часть.

Él dispuso la sábana de tal manera que todo él quedara oculto.

Он поправил простыню так, чтобы полностью скрыть себя.

Incluso si se agachara no podría verlo.

Даже если бы она наклонилась, она бы его не увидела.

Todo el esfuerzo le llevó a Gregor más de tres horas.

На всю эту работу у Грегора ушло более трех часов.
Quizás pensó que la sábana era innecesaria.
Возможно, она посчитала простыню ненужной.
Ella habría sabido que él no quería la sábana.
Она бы знала, что ему не нужна простыня.
Lo hacía para su comodidad, no para la suya propia.
Он делал это ради её комфорта, а не ради себя.
Y podría haber quitado la sábana si hubiera querido.
И она могла бы снять простыню, если бы захотела.
Pero dejó la sábana donde Gregor la había puesto.
Но простыню она оставила там, где её положил Грегор.
Y Gregor incluso creyó haber captado una mirada de agradecimiento.
И Грегору даже показалось, что он заметил благодарный взгляд.
Había levantado suavemente la sábana con la cabeza.
Он осторожно приподнял простыню головой.
Quería ver si a su hermana le gustaba el arreglo.
Он хотел узнать, понравится ли его сестре такое положение дел.

Las dos primeras semanas fueron las más difíciles para los padres.
Первые две недели были самыми трудными для родителей.
No pudieron animarse a entrar y verlo.
Они не смогли заставить себя войти и увидеть его.
Escuchó muchas de sus conversaciones en ese momento.
В это время он подслушал многие из их разговоров.
Reconocieron plenamente todo lo que hacía la hermana.
Они полностью признавали все действия сестры.
Aunque solían estar molestos con ella a menudo.
Хотя раньше они часто на нее злились.
Porque ella parecía ser una chica un tanto inútil.
Потому что она казалась довольно бесполезной девушкой.
Ahora eran ellos quienes esperaban al otro lado de la habitación.

Теперь уже они ждали в другой части комнаты.

Y fue ella quien entró en la habitación a hacer todo.

И именно она заходила в комнату, чтобы всё делать.

Tan pronto como salió quisieron saberlo todo.

Как только она вышла, им захотелось узнать всё.

Tenía que decirles exactamente cómo era la habitación.

Ей пришлось в точности описать им, как выглядит комната.

¿Qué comió Gregor? ¿Cómo se comportó esta vez?

«Что ел Грегор? Как он себя вёл на этот раз?»

"¿Quizás se notó una ligera mejoría?"

«Возможно, были замечены какие-то незначительные улучшения?»

La madre, por cierto, fue en realidad más valiente.

Мать, кстати, оказалась даже смелее.

Y por supuesto, era su propio hijo el que estaba dentro de la habitación.

И, конечно же, в комнате находился её собственный сын.

En realidad quería visitar a Gregor relativamente pronto.

На самом деле она хотела навестить Грегора в ближайшее время.

Pero al principio el padre y la hermana la frenaron.

Но отец и сестра поначалу сдерживали её.

Le dieron argumentos muy racionales para que no fuera.

Они привели очень веские аргументы в пользу того, чтобы она не ехала.

Gregor escuchó con mucha atención sus razonamientos.

Грегор очень внимательно выслушал их доводы.

Y él aceptó el razonamiento tanto como su madre.

И он принял эти доводы в той же мере, что и его мать.

Pero más tarde hubo que retenerla por la fuerza.

Однако позже её пришлось удерживать силой.

"¡Déjame entrar con Gregor, es mi desdichado hijo!"

«Впустите меня к Грегору, он мой несчастный сын!»

-¿No entiendes que tengo que ir a verlo?

«Разве вы не понимаете, что мне нужно пойти к нему?»

Gregor también se dejó convencer por los argumentos de su madre.

Грегора также убедили доводы его матери.

Quizás tenía razón: sería bueno que entrara.

Возможно, она была права; было бы хорошо, если бы она вошла.

Venir a verlo todos los días sería demasiado.

Приходить к нему каждый день было бы слишком утомительно.

Pero verlo una vez a la semana podría ser suficiente.

Но, возможно, достаточно будет видеться с ним раз в неделю.

Ella podría entender las cosas mucho mejor que la hermana.

Она, возможно, понимает ситуацию гораздо лучше, чем сестра.

A pesar de todo su coraje, ella todavía era sólo una niña.

Несмотря на всю свою храбрость, она была всего лишь ребёнком.

Quizás la imprudencia infantil la impulsó a aceptar esa tarea.

Возможно, детская безрассудность подтолкнула ее к этому заданию.

Pero el deseo de Gregor de ver a su madre pronto se hizo realidad.

Но желание Грегора увидеть свою мать вскоре исполнилось.

Durante el día Gregor se mantenía alejado de la ventana.

В дневное время Грегор держался подальше от окна.

Lo hizo por consideración a sus padres.

Он сделал это из уважения к своим родителям.

No tenía mucho espacio para arrastrarse por el suelo.

Ему было очень мало места, чтобы ползать по полу.

Le resultaba difícil permanecer quieto durante la noche.

Ему было трудно лежать спокойно по ночам.

Comer ya no le producía el más mínimo placer.

Еда больше не доставляла ему ни малейшего удовольствия.

Por supuesto que tenía que encontrar alguna manera de distraerse.

Конечно, ему нужно было как-то отвлечься.

Para entretenerse se arrastraba por las paredes.

Чтобы развлечь себя, он ползал вверх и вниз по стенам.

Y también se arrastró por el techo, boca abajo.

А еще он полз по потолку вверх ногами.

Estaba especialmente feliz cuando colgaba del techo.

Он был особенно счастлив, когда висел на потолке.

Fue completamente diferente a estar tendido en el suelo.

Это было совершенно не похоже на лежание на полу.

Le resultó mucho más fácil respirar en esta posición.

В этом положении ему было гораздо легче дышать.

Una ligera pero agradable vibración recorrió su cuerpo.

По его телу пробежала легкая, но приятная вибрация.

A veces incluso se relajaba demasiado en su felicidad.

Иногда он даже слишком увлекался своим счастьем.

A veces se distraía y se soltaba del techo.

Иногда он отвлекался и отпускал потолок.

Y para su propia sorpresa, aterrizó de nuevo en el suelo.

И, к своему собственному удивлению, он приземлился обратно на землю.

Pero tenía mucho mejor control de su cuerpo que antes.

Но он стал гораздо лучше контролировать своё тело, чем раньше.

Para que ahora no se haga daño con caídas tan fuertes.

Поэтому теперь он не получает травм от таких сильных падений.

La hermana notó inmediatamente el nuevo placer de Gregor.

Сестра сразу заметила новое удовольствие, которое испытывал Грегор.

Y había restos de adhesivo donde se había arrastrado.

А там, где он полз, были следы клея.

Aquí nuevamente la hermana pensó en el bienestar de Gregor.

И снова сестра задумалась о самочувствии Грегора.

Quizás apreciaría más espacio para gatear.

Возможно, ему бы пригодилось больше места для
ползания.
Y la idea se instaló firmemente en su cabeza.
И эта мысль прочно закрепилась в её голове.
**Algunos de los muebles de gran tamaño impedían su libre
movimiento.**
Часть крупной мебели ограничивала его свободу
передвижения.
Ya no trabajaba así que no necesitaba el escritorio.
Он больше не работал, поэтому стол ему больше не был
нужен.
Y la caja ocupaba más espacio del necesario. ***
И коробка занимала больше места, чем нужно. ***
La hermana no era capaz de mover estas cosas sola.
Сестра не смогла бы передвинуть эти вещи в одиночку.
Por supuesto que no se atrevió a pedirle ayuda al padre.
Конечно, она не осмелилась попросить отца о помощи.
La criada seguramente tampoco la habría ayudado.
Горничная ей бы тоже, конечно, не помогла.
La nueva criada era de hecho un año más joven que ella.
Новая горничная была на самом деле на год моложе её.
Ella había asumido valientemente el papel de ex sirvienta.
Она смело взяла на себя роль бывшей горничной.
Pero había un privilegio que ella insistía en tener.
Но была одна привилегия, на которой она настаивала.
Ella quería mantener la cocina cerrada en todo momento.
Она хотела, чтобы кухня всегда была заперта.
**Así que la hermana no tuvo más remedio que preguntarle a
su madre.**
Поэтому у сестры не оставалось другого выбора, кроме как
спросить свою мать.
Con gritos de emocionada alegría la madre acudió a ayudar.
Мать, радостно крича, пришла на помощь.
**Pero ella se quedó en silencio en la puerta de la habitación
de Gregor.**
Но она замолчала у двери комнаты Грегора.

La hermana comprobó que todo en la habitación estuviera bien.

Сестра проверила, всё ли в порядке в комнате.

Gregor había tirado apresuradamente la sábana aún más fuerte.

Грегор поспешно еще плотнее натянул простыню.

Aunque la sábana todavía parecía colocada al azar.

Хотя простыня по-прежнему выглядела небрежно разложенной.

Y sólo entonces dejó que su madre entrara en la habitación.

И только после этого она впустила мать в комнату.

Gregor también se abstuvo de espiar desde debajo de la sábana.

Грегор также воздерживался от подглядывания из-под простыни.

Decidió no volver a ver a su madre esta vez.

Он решил на этот раз не видеться с матерью.

Gregor estaba muy contento de que ella hubiera entrado.

Грегор был вполне рад тому, что она вообще пришла.

"Pasa, no puedes verlo", dijo la hermana.

«Заходите, вы его не увидите», — сказала сестра.

Gregor supuso que ella llevaba a su madre de la mano.

Грегор предположил, что она вела свою мать за руку.

Entonces escuchó a las dos mujeres débiles moviendo los muebles.

Затем он услышал, как две ослабевшие женщины передвигают мебель.

La hermana parecía reclamar la mayor parte del trabajo para ella misma.

Похоже, сестра присвоила себе большую часть работы.

Su madre temía que se esforzara demasiado.

Ее мать опасалась, что она перенапряжется.

Pero la hermana no hizo caso a estas advertencias.

Но сестра не обратила внимания на эти предупреждения.

Pero incluso después de quince minutos el progreso era muy lento.

Но даже спустя пятнадцать минут прогресс был очень медленным.

No habían conseguido mover los muebles muy lejos.

Им не удалось отодвинуть мебель достаточно далеко.

Poco a poco empezaron a sentir una sensación de derrota.

Они постепенно начали испытывать чувство поражения.

La madre fue la primera en admitir la inutilidad.

Мать первой признала всю безнадежность ситуации.

"Quizás sería mejor dejar la caja aquí."

«Возможно, лучше оставить коробку здесь».

"La caja es demasiado pesada para que podamos moverla mucho más lejos".

«Коробка слишком тяжелая, чтобы мы могли передвинуть ее дальше».

"Y no terminaremos antes de que llegue tu padre."

«И мы не закончим до приезда вашего отца».

Dejar la caja aquí le bloquearía aún más el camino.

«Оставив коробку здесь, вы еще больше заблокируете ему путь».

"¿Y podemos estar seguros de que le estamos haciendo un favor?"

«И можем ли мы быть уверены, что оказываем ему услугу?»

Comenzaron a pensar que bien podría ser cierto lo opuesto.

Они начали думать, что вполне может быть верно и обратное.

La visión de la pared vacía pesó mucho en su corazón.

Вид пустой стены тяжело отдавил ей сердце.

¿Quién diría que Gregor no se sentiría así también?

Кто знает, может быть, Грегор тоже так думал?

"Ya está acostumbrado a los muebles de su habitación."

«Он уже привык к мебели в своей комнате».

"Podría sentirse aún más abandonado en una habitación vacía".

«В пустой комнате он может почувствовать себя еще более покинутым».

Para entonces su voz se había reducido casi a un susurro.

К этому моменту ее голос почти понизился до шепота.

En realidad no sabía el paradero exacto de Gregor.

Она на самом деле не знала точного местонахождения Грегора.

Ella no quería ni siquiera que él escuchara el sonido de su voz.

Она не хотела, чтобы он даже услышал её голос.

Aunque ella estaba segura de que él no la entendía.

Хотя она была уверена, что он её не понимает.

"¿No parecería como si lo hubiéramos abandonado por completo?"

«Не создаст ли это впечатление, будто мы совсем от него отчаялись?»

"¿No sentirá que lo estamos dejando solo?"

«Не покажется ли ему, что мы оставляем его одного?»

"Deberíamos dejar la habitación exactamente como estaba".

«Мы должны оставить комнату в том же состоянии, в каком она была».

"Al final Gregor volverá con nosotros como antes."

«В конце концов Грегор вернется к нам таким, каким был раньше».

"Entonces encontrará que todo sigue en su lugar."

«Тогда он обнаружит, что всё по-прежнему на своих местах».

"Y olvidará mucho más fácilmente el período interino".

«И он гораздо легче забудет этот переходный период».

Cuando Gregor escuchó estas palabras se dio cuenta de algo.

Услышав эти слова, Грегор кое-что понял.

Su mente se había vuelto confusa durante los últimos dos meses.

За последние два месяца его разум запутался.

La falta de interacción humana no había sido buena para él.

Отсутствие человеческого общения пошло ему на пользу.

Realmente necesitaba la vida monótona en medio de su familia.

Ему действительно была необходима монотонная жизнь в кругу семьи.

¿Por qué si no habría hecho una exigencia tan absurda?

Иначе зачем бы он выдвинул такое нелепое требование?

¿Qué sentido tenía vaciar su habitación?

Какой смысл был в том, чтобы освободить его комнату?

La cómoda habitación amueblada con muebles heredados.

Уютная комната, обставленная унаследованной мебелью.

¿Por qué querría convertir ese calor conocido en una cueva?

Зачем ему понадобилось превращать это хорошо известное тепло в пещеру?

Una cueva donde poder arrastrarse en todas direcciones en paz.

Пещера, где он мог бы спокойно ползать во всех направлениях.

Pero una cueva en la que olvidó rápidamente su pasado humano.

Но это была пещера, в которой он быстро забыл свое человеческое прошлое.

Tuvo que preguntarse si ya estaba cerca de olvidar.

Ему оставалось лишь гадать, не близок ли он уже к тому, чтобы забыть.

La voz de su madre lo había sacudido y lo había hecho recordar.

Голос матери заставил его вспомнить.

La voz que no había oído durante tanto tiempo.

Голос, которого он не слышал так давно.

No había que quitar nada, todo tenía que quedar.

Ничего нельзя было убирать; всё должно было остаться на месте.

Los muebles influyeron positivamente en su condición.

Мебель оказала положительное влияние на его состояние.

Y no podría vivir sin este ancla en el pasado.

И он не мог справиться без этой связи с прошлым.

Los muebles impedían que se arrastrara sin sentido.

Мебель не позволяла ему бесконтрольно ползать.

Pero eso no fue una pérdida, sino más bien una gran ventaja.

Но это не было потерей; напротив, это стало большим преимуществом.

Lamentablemente la hermana tenía una opinión muy diferente.

К сожалению, у сестры было совсем другое мнение.

Ella se había convertido en una especie de portavoz de Gregor.

Она в некотором смысле стала представителем Грегора.

Por supuesto que su opinión no era del todo injustificada.

Конечно, её мнение было не совсем необоснованным.

Pero aquí la opinión de su madre tuvo que ser contradicha.

Но здесь мнение ее матери необходимо было опровергнуть.

Ahora no era solo la caja la que había que retirar.

Теперь нужно было убрать не только коробку.

Ni su escritorio ni el armario podían permanecer allí.

Его письменный стол и шкаф тоже не могли остаться.

Lo único imprescindible era el sofá.

Единственным необходимым предметом был диван.

Ella no decidió esto sólo por desafío infantil.

Она приняла это решение не просто из-за детского неповиновения.

Tampoco fue su recientemente adquirida confianza en sí misma.

И дело было не в недавно приобретенной уверенности в себе.

La nueva confianza que tuvo que trabajar muy duro para ganar.

Новая уверенность, которую она обрела, когда так упорно боролась за победу.

Aunque nadie esperaba que ella pudiera hacerlo.

Хотя никто и не ожидал, что она сможет это сделать.

Gregor realmente necesitaba mucho espacio para gatear.

Грегору действительно требовалось много места, чтобы ползать.

Los muebles sólo limitaban el espacio del que disponía.

Мебель лишь ограничивала имеющееся у него пространство.

Ella podía ver estas cosas mejor que la madre.

Она могла видеть эти вещи лучше, чем мать.

Pero quizá su espíritu romántico también jugó un papel.

Но, возможно, свою роль сыграл и её романтический дух.

Las niñas de esa edad suelen desarrollar cierto entusiasmo.

Девочки в этом возрасте часто проявляют определенный энтузиазм.

Y sienten la necesidad de salirse con la suya siempre que pueden.

И они чувствуют потребность добиваться своего при любой возможности.

Quizás por eso quería sabotearlo en secreto.

Возможно, именно поэтому она хотела тайно ему навредить.

Es aún más aterrador cuando se arrastra por las paredes.

Он становится ещё страшнее, когда ползает по стенам.

Los padres ya no se atrevían a entrar en la habitación.

Родители больше не осмеливались входить в комнату.

Ella realmente sería la única cuidadora de su hermano.

Она действительно станет единственной опекуншей своего брата.

Ella no dejó que su madre la persuadiera de lo contrario.

Она не позволила матери переубедить её.

La madre de Gregor ya se sentía incómoda en la habitación.

Мать Грегора уже чувствовала себя неловко в комнате.

Pronto dejó de hablar y ayudó nuevamente a su hija.

Вскоре она замолчала и снова начала помогать дочери.

Con las fuerzas que les quedaban retiraron el armario.

Оставшиеся силы они вынесли шкаф.

La cómoda era algo de lo que podía prescindir.

Комод был тем, без чего он вполне мог обойтись.

Pero el escritorio tendría que quedarse allí por el momento.

Но стол пока придётся оставить на месте.

Mientras las mujeres estaban ausentes, trató de evaluar la habitación.

Пока женщин не было, он попытался осмотреть комнату.

Y Gregor asomó la cabeza por debajo del sofá.

И Грегор высунул голову из-под дивана.

Tenía que ver qué podía hacer con la situación.

Ему нужно было понять, что он может сделать в этой ситуации.

Pero fue lo más cuidadoso y considerado posible.

Но он был максимально осторожен и внимателен.

Desgraciadamente fue la madre quien regresó primero.

К сожалению, первой вернулась мать.

Grete todavía estaba moviendo el armario en la habitación de al lado.

Грета все еще передвигала шкаф в соседней комнате.

Pero la madre no estaba acostumbrada a ver a Gregor.

Но мать не привыкла видеть Грегора.

Incluso un simple vistazo a él podría haberla enfermado.

Даже один взгляд на него мог вызвать у нее тошноту.

Gregor se apresuró a retroceder hasta el otro extremo del sofá.

Грегор поспешно отступил назад, к дальнему краю дивана.

Pero no podía retroceder y equilibrar la sábana.

Но он не мог отступить назад и удержать на месте простыню.

El movimiento fue suficiente para llamar la atención de la madre.

Одного движения было достаточно, чтобы привлечь внимание матери.

Ella hizo una pausa y se quedó muy quieta por un breve momento.

Она сделала паузу и на мгновение замерла.

Luego se dio la vuelta y salió de la habitación.

Затем она повернулась и вышла из комнаты.

Gregor seguía diciéndose a sí mismo que no había ocurrido nada inusual.

Грегор продолжал убеждать себя, что ничего необычного не произошло.

"Son sólo algunos muebles que se han llevado".

«Забрали всего лишь часть мебели».

Pero pronto tuvo que admitir que los acontecimientos le afectaron.

Но вскоре ему пришлось признать, что эти события повлияли на него.

Las mujeres habían estado diciendo todo lo que estaban haciendo.

Женщины говорили обо всём, что делали.

Habían estado caminando de un lado a otro por la habitación.

Они ходили взад и вперед по комнате.

El rayado de todos los muebles en el suelo.

Скребущийся по полу шорох всей мебели.

Se sentía como si lo atacaran desde todos lados.

Ему казалось, что на него нападают со всех сторон.

Apretó la cabeza y las piernas lo más fuerte que pudo.

Он втянул голову и ноги как можно крепче.

Con todas sus fuerzas presionó su cuerpo contra el suelo.

Он изо всех сил прижался телом к земле.

Sabía que no podría soportar todo esto por mucho más tiempo.

Он понимал, что больше не сможет это терпеть.

Vaciaron su habitación y se llevaron todo lo que amaba.

Они вывезли все вещи из его комнаты и забрали все, что он любил.

Ya se habían llevado la caja que contenía todas sus herramientas.

Они уже забрали ящик со всеми его инструментами.

Ahora estaban aflojando su pesado escritorio del suelo.

Теперь они начали отрывать его тяжелый стол от пола.

El escritorio en el que había trabajado después de regresar del trabajo.

Стол, за которым он работал после возвращения с работы.

El escritorio en el que había escrito sus tareas comerciales.

Стол, за которым он записывал свои рабочие задания.

El escritorio en el que había hecho sus deberes en la escuela secundaria.

Парта, за которой он делал домашнее задание в средней школе.

Sí, ya había tenido este pupitre en la escuela primaria.

Да, у него этот стол был ещё в начальной школе.

Realmente no tuvo tiempo de confirmar sus buenas intenciones.

У него действительно не было времени, чтобы убедиться в их благих намерениях.

Aunque ya casi había olvidado que estaban allí.

Хотя он и так почти забыл об их присутствии.

Porque trabajaban en silencio, por el cansancio.

Потому что они работали молча, из-за истощения.

Estaban demasiado cansados para anunciar sus movimientos ahora.

Они были слишком уставшими, чтобы сейчас объявлять о своих передвижениях.

Lo único que oyó fueron sus pesados pasos en el suelo.

Он слышал только их тяжелые шаги по полу.

Justo en ese momento estaban apoyados sobre la caja.

В этот самый момент они прислонились к коробке.

Y entonces Gregor salió de debajo del sofá.

И тут из-под дивана вылез Грегор.

Cambió la dirección en la que corría cuatro veces.

Он четыре раза менял направление своего движения.

No podía decidir qué elemento debía salvarse primero.

Он не мог решить, какой предмет нужно спасти в первую очередь.

De repente su atención se dirigió a la pared vacía.

Внезапно его внимание привлекла пустая стена.

Lo único que le quedó fue la fotografía de la dama con pieles.

Всё, что у них осталось, — это портрет женщины в меховой шубе.

Se arrastró hasta la imagen para presionar su cuerpo contra el de ella.

Он подполз к картине и прижался к ней всем телом.

Y su cuerpo cubrió completamente la vista de la imagen.

И его тело полностью закрывало обзор на фотографии.

El vaso lo sostuvo y reconfortó su vientre caliente.

Стакан поддерживал его и успокаивал разгоряченный живот.

Esta fotografía ya no se la pudieron quitar.

Этот снимок уже невозможно было у него отобрать.

Luego giró la cabeza hacia la puerta de la sala de estar.

Затем он повернул голову в сторону двери гостиной.

Iba a observar mientras las mujeres regresaban a la habitación.

Он собирался наблюдать, как женщины вернутся в комнату.

Y no descansaron mucho antes de regresar nuevamente.

И они недолго отдыхали, прежде чем вернуться снова.

El brazo de Grete rodeaba a su madre para ayudarla a caminar.

Грета обняла мать, помогая ей идти.

"¿Qué nos llevamos ahora?" dijo Grete y miró a su alrededor.

«Что же нам теперь взять?» — спросила Грета и огляделась.

Justo en ese momento su mirada se encontró con los ojos de Gregor.

В этот самый момент её взгляд встретился с взглядом Грегора.

A pesar del shock, mantuvo la presencia de ánimo.

Несмотря на шок, она сохранила самообладание.

Probablemente sólo por la presencia de su madre.

Вероятно, только из-за присутствия матери.

Ella inclinó su rostro hacia su madre, cubriéndole la vista.

Она склонила лицо к матери, закрывая ему обзор.

Y entonces dijo, aunque temblorosa y desconsiderada:

И затем она сказала, хотя и дрожа и ни о чём не задумываясь:

-Vamos, ¿no deberíamos volver a la sala de estar?

"Да ладно, может, вернёмся в гостиную?"

Gregor podía comprender fácilmente las intenciones de la hermana.

Грегор легко мог понять намерения сестры.

Su primera prioridad fue poner a su madre a salvo.

Ее первоочередной задачей было обеспечить безопасность матери.

Pero luego ella iba a perseguirlo desde la pared.

Но затем она собиралась догнать его со стены.

«¡Pues claro que puede intentarlo!», pensó Gregor para sus adentros.

«Ну, она, конечно, может попробовать!» — подумал про себя Грегор.

Se sentó firmemente sobre su imagen y no renunció a ella.

Он твердо стоял на своем и не хотел отказываться от своего портрета.

Preferiría haberle saltado en la cara a la hermana.

Он бы предпочел прыгнуть сестре прямо в лицо.

Pero las palabras de Grete preocuparon aún más a su madre.

Но слова Греты еще больше встревожили ее мать.

Ella se hizo a un lado para ver lo que le ocultaban.

Она отошла в сторону, чтобы посмотреть, что от нее скрывают.

Y vio la mancha marrón en el papel pintado floreado.

И она увидела коричневое пятно на обоях с цветочным рисунком.

Y ella gritó antes de darse cuenta de que era Gregor.

И она закричала, даже не успев понять, что это Грегор.

"Oh Dios", gritó con los brazos extendidos.

«О Боже!» — закричала она, раскинув руки в стороны.

Y ella se dejó caer en el sofá como si se hubiera rendido.

И она упала на диван, словно сдавшись.

—¡Gregor! —gritó la hermana levantando el puño.

«Грегор!» — крикнула ему сестра, подняв кулак.

Y ella le dirigió una mirada larga, dura y penetrante.

И она бросила на него долгий, суровый и проницательный взгляд.

Esta era la primera vez que hablaba con él directamente.

Это был первый раз, когда она заговорила с ним напрямую.

Corrió a la habitación de al lado para conseguir algunas sales aromáticas.

Она побежала в соседнюю комнату за нашатырным спиртом.

Tenía que devolverle la conciencia a su madre.

Ей нужно было привести мать в сознание.

Gregor quería ayudar, podría salvar la imagen más tarde.

Грегор хотел помочь, фотографию он мог бы сохранить позже.

Pero él se había quedado firmemente pegado al cristal.

Но он намертво прилип к стеклу.

Entonces tuvo que apartarse usando mucha fuerza.

Поэтому ему пришлось с большим усилием оторваться от него.

Él también corrió a la habitación de al lado, donde estaba la hermana.

Он тоже побежал в соседнюю комнату, где находилась сестра.

En el pasado podría haberle dado algún consejo.

В былые времена он мог бы дать ей какой-нибудь совет.

Pero ahora no podía hacer nada más que quedarse de brazos cruzados y observar.

Но теперь ему оставалось лишь бездействовать и наблюдать.

Revolvió el cajón y abrió varias botellas.

Она порылась в ящике, открывая разные бутылки.

Y todavía la asustó cuando ella se dio la vuelta.

И он по-прежнему пугал ее, когда она оборачивалась.

Una botella cayó al suelo, se rompió y se astilló.

Бутылка упала на пол, разбилась и рассыпалась на осколки.

Una astilla de vidrio golpeó la cara de Gregor y lo hirió.

Осколок стекла попал Грегору в лицо и ранил его.

La botella contenía algún tipo de líquido cáustico.

В бутылке находилась какая-то едкая жидкость.

Y ahora el líquido corrosivo quemaba la cara de Gregor.

И теперь едкая жидкость обжигала лицо Грегора.

Sin embargo, la hermana no tenía tiempo para Gregor en ese momento.

Однако у сестры сейчас не было времени на Грегора.

Ella recogió tantas botellas como pudo.

Она взяла столько бутылок, сколько смогла.

Y ella corrió de nuevo hacia su madre con la medicina.

И она побежала обратно к матери с лекарством.

Ella cerró la puerta con el pie, dejando afuera a Gregor.

Она хлопнула дверью ногой, выгоняя Грегора наружу.

Ahora estaba separado de su madre, que estaba potencialmente moribunda.

Теперь он был отрезан от своей, возможно, умирающей матери.

Si abriera la puerta, echaría a la hermana.

Если бы он открыл дверь, он бы прогнал сестру.

Pero por supuesto tuvo que quedarse para cuidar a la madre.

Но, конечно, ей нужно было остаться, чтобы позаботиться о матери.

Ya no podía hacer nada más que esperarlos.

Теперь ему оставалось только ждать их.

Acosado por el autorreproche y la ansiedad, comenzó a gatear.

Мучимый самообвинением и тревогой, он начал ползать.

Se arrastró por todas partes: las paredes, los muebles, el techo.

Он ползал повсюду: по стенам, мебели, потолку.

Sintió como si toda la habitación girara a su alrededor.

Ему казалось, что вся комната кружится вокруг него.

Finalmente, desesperado y mareado, volvió a caer.

Наконец, в отчаянии и головокружении, он снова упал.

Y cayó justo encima de la gran mesa del comedor.

И он упал прямо на большой обеденный стол.

Pasó algún tiempo tendido allí, entumecido e incapaz de moverse.

Он некоторое время лежал там, онемевший и неспособный пошевелиться.

Estaba exhausto por todo lo que el día le había traído.

Он был измотан всем, что принес ему этот день.

Todo estaba tranquilo, pero tal vez eso era una buena señal.

Вокруг царила тишина, но, возможно, это был хороший знак.

Entonces, rompiendo el silencio, sonó el timbre de la puerta de afuera.

Затем, нарушив тишину, раздался звонок в дверь.

La criada, por supuesto, se había encerrado en su cocina.

Горничная, разумеется, заперлась на кухне.

Así que la hermana era la única que podía abrir la puerta.

Поэтому только сестра могла открыть дверь.

"¿Qué pasó?" fue lo primero que preguntó el padre.

«Что случилось?» — первым делом спросил отец.

La aparición de Grete probablemente le había dicho todo.

Появление Греты, вероятно, сказало ему всё.

La voz de Grete se volvió apagada y apagada mientras hablaba.

Голос Греты стал приглушенным и глухим, когда она заговорила.

Ella debió haber presionado su cara contra el pecho de su padre.

Должно быть, она прижалась лицом к груди отца.

"La madre estaba inconsciente, pero ahora se siente mejor".

«Мать была без сознания, но сейчас ей лучше».

—Gregor ha escapado —añadió, tal como él esperaba.

«Грегор сбежал», — добавила она, чего он и ожидал.

"Siempre te dije que algún día se escaparía."

«Я всегда говорила тебе, что однажды он сбежит».

—Pero vosotras, las mujeres, no quisisteis escucharme, ¿verdad?

«Но вы, женщины, не хотели меня слушать, не так ли?»

Gregor se dio cuenta rápidamente de cómo veía las cosas su padre.

Грегор быстро понял, как его отец воспримет ситуацию.

Había malinterpretado el mensaje demasiado breve de Grete.

Он неправильно истолковал слишком краткое сообщение Греты.

Supuso que Gregor había cometido algún acto de violencia.

Он предположил, что Грегор совершил какой-то акт насилия.

Gregor tenía que encontrar una manera de apaciguar a su padre de alguna manera.

Грегору нужно было как-то угодить отцу.

Porque no tuvo tiempo de explicarle las cosas.

Потому что у него не было времени ему все объяснять.

Pero de todos modos no habría podido explicar las cosas.

Но он все равно не смог бы ничего объяснить.

Entonces huyó hacia la puerta y se pegó a ella.

Поэтому он подбежал к двери и прижался к ней.

De esa manera su padre podría verlo desde la antesala.

Таким образом, его отец мог видеть его из прихожей.

Y podría ver que tenía las mejores intenciones.

И он смог бы убедиться, что у него были самые лучшие намерения.

No había necesidad de empujarlo con una escoba.

Не было никакой необходимости отгонять его метлой.

Lo único que el padre habría tenido que hacer era abrir la puerta.

Отцу достаточно было всего лишь открыть дверь.

Pero él no estaba de humor para notar tales sutilezas.

Но он был не в настроении обращать внимание на подобные тонкости.

"¡Ahí estás!" exclamó nada más entrar.

«Вот вы где!» — воскликнул он, как только вошел.

Era como si estuviera enojado y feliz al mismo tiempo.

Казалось, он одновременно злился и радовался.

Echó la cabeza hacia atrás y miró al padre.

Он откинул голову назад и посмотрел на отца.

No se había imaginado que su padre estuviera allí así.

Он и представить себе не мог, что его отец будет стоять здесь вот так.

Pero en los últimos tiempos había encontrado una nueva distracción.

Но в последнее время он нашел себе новое развлечение.

Gatear ahora ocupaba gran parte de su día.

Ползание теперь занимало большую часть его дня.

Antes, él estaba al tanto de todas las novedades que ocurrían en el apartamento.

Раньше он следил за всеми новостями в квартире.

Pero últimamente no había estado prestando tanta atención.

Но в последнее время он не уделял этому столько внимания.

Debería haber estado preparado para afrontar los cambios.

Ему следовало быть готовым к переменам.

Sin embargo, ¿era este hombre que tenía delante todavía el padre?

Тем не менее, был ли этот человек перед ним всё ещё отцом?

¿Era él el mismo hombre que solía yacer cansado en su cama?

Был ли это тот же самый человек, который раньше устало валялся в своей постели?

Cuando Gregor ya se había ido de viaje de negocios.

Когда Грегор уже уехал в командировку.

¿Era él el mismo hombre que lo saludaba por las noches?

Был ли это тот же самый человек, который приветствовал его по вечерам?

Cuando estaba en bata en su sillón.

Когда он сидел в кресле в халате.

¿Era el mismo hombre que no pudo levantarse a darle la bienvenida?

Был ли это тот самый человек, который не смог встать, чтобы поприветствовать его?

Entonces, permaneciendo sentado, levantó el brazo en señal de alegría.

Поэтому, оставаясь на месте, он поднял руку в знак радости.

¿Era el mismo hombre con el que salía a caminar de vez en cuando?

Был ли он тем же человеком, с которым иногда ходил на прогулки?

En raras ocasiones: algunos domingos al año o días festivos.

В редких случаях: несколько воскресений в году или в праздничные дни.

¿Era el mismo hombre que caminaba envuelto en su abrigo?

Был ли это тот же самый человек, который шел, закутанный в пальто?

¿Avanzó lentamente, entre la madre y él?

Он медленно продвигался вперед, между собой и матерью?

Y ellos ya caminaban lentamente por causa de él.

И они уже тогда шли медленно из-за него.

Pero ahora este hombre estaba de pie, fuerte y erguido.

Но теперь этот человек стоял крепко и прямо.

Estaba vestido con un uniforme azul con botones dorados.

Он был одет в синюю форму с золотыми пуговицами.

Botones que llevan los empleados de las instituciones bancarias.

Пуговицы, которые носят сотрудники банковских учреждений.

Por encima del rígido cuello emergía su fuerte papada.

Поверх жесткого воротника торчал его внушительный двойной подбородок.

Bajo sus pobladas cejas se asomaban sus ojos negros.

Из-под густых бровей смотрели его черные глаза.

Ahora sus ojos parecían penetrantes, frescos y alertas.

Теперь его взгляд был пронзительным, свежим и внимательным.

El cabello blanco, anteriormente despeinado, fue peinado hacia abajo.

Ранее растрепанные седые волосы были зачесаны вниз.

Y su cabello ahora tenía una meticulosa raya central.

Теперь его волосы были аккуратно разделены центральным пробором.

Arrojó su sombrero, que estaba adornado con un monograma dorado.

Он бросил свою шляпу, на которой была золотая монограмма.

Probablemente era el monograma del banco en el que trabajaba.

Вероятно, это была монограмма банка, в котором он работал.

Y el sombrero aterrizó en el sofá, para guardarlo más tarde.

А шляпа упала на диван, чтобы потом убрать её.

Empujó hacia atrás la parte inferior de la larga chaqueta del uniforme.

Он откинул край длинной форменной куртки.

Y metió los pulgares en los bolsillos de sus pantalones.

И он засунул большие пальцы в карманы брюк.

Y luego, con cara sombría, caminó hacia Gregor.

А затем, с мрачным лицом, он направился к Грегору.

Probablemente ni siquiera sabía lo que planeaba hacer.

Вероятно, он даже не знал, что собирается делать.

Pero aún así levantó los pies inusualmente alto.

Но, несмотря на это, он поднял ноги необычно высоко.

Gregor estaba asombrado por el enorme tamaño de sus botas.

Грегор был поражен огромными размерами его сапог.

Pero realmente no había tiempo para maravillarse con sus zapatos.

Но времени, чтобы любоваться его ботинками, на самом деле не было.

El padre había decidido aplicar una disciplina muy estricta.

Отец принял решение о применении очень строгой дисциплины.

Para Gregor sólo era apropiada la mayor severidad.

Для Грегора была уместна лишь самая суровая мера.

Él lo sabía desde el primer día de su transformación.

Он знал это с первого дня своего преображения.

Corrió hacia su padre y se detuvo cuando él se detuvo.

Он подбежал к отцу и остановился там, где остановился тот.

Corrió hacia él nuevamente cuando se movió de nuevo.

Когда тот снова двинулся с места, он поспешно подбежал к нему.

El padre se detuvo un momento y Gregor también.

Отец на мгновение замолчал, и Грегор сделал то же самое.

Y corrió hacia adelante nuevamente tan pronto como su padre se movió.

И он снова бросился вперед, как только отец двинулся с места.

De esta manera dieron varias vueltas alrededor de la habitación.

Таким образом они несколько раз обошли комнату по кругу.

Nadie había conseguido aún ninguna ventaja decisiva.

Пока никому не удалось добиться решающего преимущества.

No se podría haber tenido la impresión de una persecución.

Вряд ли можно было составить впечатление погони.

Porque todo el acontecimiento se estaba produciendo demasiado lentamente.

Потому что всё происходящее развивалось слишком медленно.

Gregor había decidido quedarse en tierra.

Грегор решил остаться на земле.

Podría haber corrido por las paredes y a lo largo del techo.

Он мог бы пробежаться по стенам и потолку.

Pero no quería provocar al padre innecesariamente.

Но он не хотел без необходимости провоцировать отца.

Una huida así podría haber parecido especialmente perversa.

Подобный побег мог показаться особенно подлым поступком.

Gregor admitió que esta persecución no podía durar mucho más.

Грегор признал, что эта погоня не может продолжаться долго.

Cada paso debía ir acompañado de una miríada de movimientos.

Каждый шаг сопровождался множеством движений.

Ya empezaba a sentir falta de aire.

Он уже начал чувствовать одышку.

Incluso antes nunca había tenido unos pulmones completamente confiables.

Даже раньше у него никогда не было полностью здоровых легких.

Avanzó tambaleándose, guardando sus fuerzas para la carrera.

Он еле-еле продвигался вперед, беря силы для бега.

Estaba tan cansado que apenas podía mantener los ojos abiertos.

Он так устал, что едва мог держать глаза открытыми.

Sus pensamientos se volvieron demasiado lentos para pensar en otras escapatorias.

Его мысли стали слишком медленными, чтобы придумывать другие способы побега.

Casi había olvidado que los muros estaban a su disposición.

Он почти забыл, что стены были ему доступны.

Pero de todos modos las paredes estaban ocultas detrás de los muebles.

Но стены всё равно были скрыты за мебелью.

Y los muebles tenían demasiadas muescas y protuberancias.

А в мебели было слишком много выемок и выступов.

Y luego, justo a su lado, rodando, había una manzana.

А потом, прямо рядом с ним, катясь, появилось яблоко.

La manzana debió haberle sido arrojada, se dio cuenta.

Он понял, что яблоко, должно быть, бросили в него.

Pero no tuvo tiempo de pensar antes de que llegara otra manzana.

Но у него не было времени подумать, прежде чем появилось еще одно яблоко.

Gregor se quedó paralizado por la nueva estrategia del padre.

Грегор замер в шоке от новой стратегии отца.

Ya no podía ganar nada intentando huir.

Он больше не мог извлечь никакой выгоды из попыток убежать.

El padre había decidido bombardearlo con fruta.

Отец решил забросать его фруктами.

Se había llenado los bolsillos con lo que había en el frutero de la cocina.

Он набил карманы фруктами из кухонной вазы.

Sin apuntar especialmente, lanzó manzana tras manzana.

Он, не особо целясь, бросал яблоко за яблоком.

Estas pequeñas manzanas rojas rodaban por el suelo.

Эти маленькие красные яблоки катались по земле.

Como si estuvieran electrificadas, las manzanas chocaron entre sí.

Словно под воздействием электрического тока, яблоки столкнулись друг с другом.

Una de las manzanas lanzadas débilmente rozó la espalda de Gregor.

Одно из слабо брошенных яблок задели Грегора за спину.

Afortunadamente para él, la manzana se deslizó sin sufrir daño.

К счастью для него, яблоко соскользнуло безвредно.

Sin embargo, la manzana lanzada después fue más precisa.

Однако брошенное позже яблоко оказалось более точным.

Y esta manzana se alojó profundamente en la espalda de Gregor.

И это яблоко глубоко вонзилось в спину Грегора.

Gregor quería alejarse del dolor.

Грегору хотелось оторваться от боли.

Quizás se pueda escapar de este nuevo e increíble dolor.

Возможно, от этой новой, невероятной боли можно будет избавиться.

Quizás un cambio de ubicación aliviaría su agonía.

Возможно, смена места жительства облегчила бы его страдания.

Pero se sentía como si lo hubieran clavado al suelo.

Но ему казалось, что его пригвоздили к полу.

Se estiró, pero sólo debido a su confusión.

Он потянулся, но лишь из-за замешательства.

Sólo con su última mirada vio que la puerta se abría.

Лишь последним взглядом он увидел, как открывается дверь.

La madre corrió hacia su hermana, que gritaba.

Мать выбежала навстречу кричащей сестре.

La hermana la había desnudado, por lo que estaba en camisa.

Сестра раздела ее, так что она осталась в одной рубашке.

Había necesitado respirar en su inconsciencia.

Ей нужно было время, чтобы перевести дух в бессознательном состоянии.

Todavía veía cómo la madre corría hacia el padre.

Он все еще видел, как мать бежала к отцу.

Sus faldas se deslizaron hasta el suelo, una tras otra.

Её юбки одна за другой сползали на землю.

La vio acercarse al padre y tropezar con su falda.

Он увидел, как она подошла к отцу и споткнулась о свою юбку.

Abrazándolo, pidió que le perdonaran la vida a Gregor.

Обняв его, она попросила пощадить жизнь Грегора.

En completa unión con su cuerpo, su vista falló.

В полной гармонии с телом у него ухудшилось зрение.

Tercera parte
Часть третья

Gregor sufrió la grave lesión durante más de un mes.

Грегор страдал от тяжелой травмы более месяца.

La manzana quedó incrustada; nadie se atrevió a sacarla.

Яблоко так и не застряло; никто не осмелился его вытащить.

La manzana permaneció en su carne como un recordatorio visible.

Яблоко осталось в его теле как видимое напоминание.

Pero la manzana también sirvió como recordatorio para el padre.

Но яблоко также служило напоминанием отцу.

Se dio cuenta de que no debía tratar a Gregor como a un enemigo.

Он понял, что к Грегору не следует относиться как к врагу.

Actualmente su apariencia puede ser triste y repugnante.

В настоящий момент его внешний вид может быть печальным и отвратительным.

Pero aún así, seguía siendo un miembro de su familia.

Но, тем не менее, он по-прежнему оставался членом их семьи.

Había que aceptar la reticencia y tolerarla.

Это нежелание пришлось смирить и терпеть.

Debido a su herida, es posible que haya perdido su movilidad para siempre.

Из-за полученного ранения он, возможно, навсегда утратил способность двигаться.

Todavía gateaba por su habitación, pero mucho más lento.

Он по-прежнему ползал по своей комнате, но гораздо медленнее.

Arrastrarse a cualquier altura estaba fuera de cuestión.

Ползание на любой высоте было исключено.

Pero Gregor recibió algún tipo de compensación.

Но Грегор всё же получил некоторую компенсацию.

Por la noche se le abrió la puerta del salón.

Вечером ему открыли дверь в гостиную.
Y consideró que estas reparaciones eran completamente adecuadas.
И он считал, что эти компенсации вполне адекватны.
Antes del anochecer ya había empezado a vigilar la puerta.
Ещё до наступления вечера он начал наблюдать за дверью.
Él yacía en la oscuridad, invisible desde la sala de estar.
Он лежал в темноте, невидимый из гостиной.
Pudo ver a toda la familia en la mesa iluminada.
Он мог видеть всю семью за освещенным столом.
Ahora se le permitió escuchar sus conversaciones.
Теперь ему разрешили подслушать их разговоры.
Esto fue bastante diferente a su arreglo anterior.
Это сильно отличалось от их прежних договоренностей.
Las animadas conversaciones de tiempos pasados habían terminado.
Оживлённые беседы прежних времён подошли к концу.
Éstas eran las conversaciones que tanto anhelaba.
Именно таких разговоров он так жаждал.
Cuando dormía solo en pequeñas habitaciones de hotel.
Когда он спал один в маленьких гостиничных номерах.
Cuando tuvo que arrojarse entre las sábanas húmedas.
Когда ему пришлось броситься в мокрое постельное белье.
Pero ahora las tardes eran en su mayoría tranquilas y sin acontecimientos.
Но теперь вечера в основном были тихими и ничем не примечательными.
El padre se quedó dormido en su sillón después de cenar.
После ужина отец заснул в кресле.
Y la madre y la hermana se animaban mutuamente a guardar silencio.
Мать и сестра уговаривали друг друга вести себя потише.
La madre, inclinada hacia la luz, cosía lino.
Мать, склонившись над фонарем, шила льняные изделия.
Ahora ella hace vestidos para una de las tiendas de moda.
Она шила платья для одного из нынешних магазинов модной одежды.

Al igual que Gregor, la hermana había conseguido un trabajo como vendedora.

Как и Грегор, сестра устроилась продавщицей.

Ella estaba aprendiendo taquigrafía y francés por las tardes.

По вечерам она изучала стенографию и французский язык.

Para que más adelante pudiera tal vez conseguir un mejor puesto de trabajo.

Чтобы в будущем она могла получить более высокооплачиваемую работу.

A veces el padre se despertaba de sus siestas nocturnas.

Иногда отец просыпался после вечернего сна.

"¡Cariño, ya llevas un buen rato cosiendo hoy!"

«Дорогая, ты сегодня уже так долго шишь!»

Parecía haber olvidado que había estado durmiendo.

Казалось, он забыл, что спал.

Pero inmediatamente volvió a caer en un sueño profundo.

Но он тут же снова заснул.

Y la madre y la hermana se sonrieron cansadamente.

Мать и сестра устало улыбнулись друг другу.

El padre había desarrollado una extraña y nueva terquedad.

У отца появилось странное новое упрямство.

Incluso en casa se negó a quitarse el uniforme de sirviente.

Даже дома он отказывался снимать свою форму слуги.

Y su bata colgaba inútilmente en la percha.

А его халат бесполезно висел на вешалке.

Así pues, el padre dormía, completamente vestido, en su sillón.

Так отец, одетый, спал в своем кресле.

Era como si siempre estuviera dispuesto a prestar su servicio.

Казалось, он всегда был готов служить.

Como si estuviera esperando la voz de su superior.

Словно он только и ждал, что прозвучит голос его начальника.

Esto provocó que su uniforme perdiera su limpieza.

В результате его форма утратила свою чистоту.

Aunque el uniforme tampoco era nuevo cuando lo recibió.

Хотя форма и не была новой, когда он её получил.
Y la madre hizo todo lo posible para cuidar el uniforme.
И мать изо всех сил старалась бережно относиться к форме.
Gregor pasaba tardes enteras mirando este uniforme.
Грегор проводил целые вечера, разглядывая эту форму.
Observó cómo el anciano dormía de manera muy incómoda.
Он наблюдал, как старик спал в крайне неудобном положении.
Pero mientras dormía también notó algo pacífico.
Но во сне он также заметил нечто умиротворяющее.
Cuando el reloj dio las diez la madre intentó despertarlo.
Когда часы пробили десять, мать попыталась его разбудить.
Ella habló en voz baja y lo convenció de ir a la cama.
Она говорила тихо и уговорила его лечь спать.
Porque dormir en el sillón no era dormir de verdad.
Потому что спать в кресле — это не настоящий сон.
Iba a tener que empezar a trabajar a las seis en punto.
Ему предстояло начать работу в шесть часов.
Así que realmente necesitaba dormir lo mejor posible.
Поэтому ему действительно нужно было выспаться как можно лучше.
Pero una nueva forma de terquedad se apoderó de él.
Но его охватило новое проявление упрямства.
Convertirse en sirviente había comenzado a tener ese efecto en él.
Став слугой, он начал испытывать на себе такое влияние.
Así que siempre insistía en quedarse más tiempo en la mesa.
Поэтому он всегда настаивал на том, чтобы подольше задержаться за столом.
Aunque con regularidad volvía a quedarse dormido en su silla.
Хотя он снова регулярно засыпал в кресле.
Y sólo con la mayor dificultad pudo ser movido.
И переместить его было крайне сложно.
Tuvieron que decirle que la cama sería mejor para él.

Ему пришлось объяснить, что в этой кровати ему будет удобнее.

Madre y hermana tuvieron que insistir con pequeñas advertencias.

Матери и сестре пришлось настаивать, почти не предупреждая.

Durante quince minutos se limitó a menear lentamente la cabeza.

В течение пятнадцати минут он лишь медленно качал головой.

Y mantuvo los ojos cerrados y se negó a levantarse.

И он держал глаза закрытыми и отказывался вставать.

La madre tiró de su manga, suavemente, pero con firmeza.

Мать легонько, но уверенно потянула его за рукав.

Y ella susurró palabras halagadoras en sus oídos cansados.

И она шепнула ему на усталые уши лестные слова.

La hermana abandonó la tarea que tenía entre manos para ayudar a su madre.

Сестра прервала свою работу, чтобы помочь матери.

Pero ninguno de sus esfuerzos funcionó con el padre.

Но ни одна из их попыток не возымела действия на отца.

Se hundió aún más en su silla, preparado para dormir.

Он еще глубже откинулся в кресле, готовясь заснуть.

Y finalmente las mujeres lo agarraron por las axilas.

И наконец, женщины схватили его за подмышки.

Abrió los ojos y los miró alternativamente.

Он открыл глаза и поочередно смотрел на них.

"¡Qué vida ésta!" se quejó al irse a dormir.

«Вот это жизнь!» — пожаловался он, ложась спать.

"¿Es esta la paz que me ha sido dada en mi vejez?"

«Неужели это тот покой, который мне дарован в старости?»

Pero entonces, apoyándose en las dos mujeres, se levantó torpemente.

Но затем, опираясь на двух женщин, он неуклюже поднялся.

Actuó como si llevara la carga más pesada.

Он вел себя так, словно на нем лежала самая тяжелая
ноша.

**Dejó que las dos mujeres lo guiaran hasta el final de la
habitación.**

Он позволил двум женщинам отвести его в конец
комнаты.

Allí les deseó buenas noches y continuó su camino.

Там он пожелал им спокойной ночи и продолжил свой
путь.

Pero la madre rápidamente arrojó su kit de costura.

Но мать поспешно бросила свой швейный набор.

Y la hermana también dejó el bolígrafo y el bloc de notas.

А сестра тоже отложила ручку и блокнот.

Y corrieron detrás del padre para ayudarle aún más.

И они побежали за отцом, чтобы помочь ему дальше.

**¿Quién en esta familia sobrecargada de trabajo tenía tiempo
para Gregor?**

У кого в этой перегруженной работой семье нашлось
время на Грегора?

**¿Quién podría haberle prestado más atención de la
necesaria?**

Кто мог уделить ему больше внимания, чем было
необходимо?

El presupuesto familiar se fue restringiendo cada vez más.

Семейный бюджет становился все более ограниченным.

**Al final, para ahorrar dinero, tuvieron que despedir a la
criada.**

В конце концов, чтобы сэкономить деньги, им пришлось
уволить горничную.

**Fue reemplazada por una mujer de cabello blanco y huesos
gruesos.**

Её заменила коренастая седовласая женщина.

Pero esta mujer venía sólo por la mañana y por la tarde.

Но эта женщина приходила только по утрам и вечерам.

**Y todo el trabajo más pesado y duro quedó guardado para
ella.**

И вся самая тяжёлая и тяжёлая работа была
предназначена для неё.
La madre se encargaba de todos los demás quehaceres.
Все остальные домашние дела выполняла мать.
Incluso ocurrió que se vendieron varias joyas familiares.
Случалось даже, что продавались различные фамильные
драгоценности.
**Joyas que las mujeres lucieron felizmente durante las
celebraciones.**
Украшения, которые женщины с удовольствием носили во
время торжеств.
Gregor aprendió esto en una de las discusiones generales.
Грегор узнал об этом из одной из общих дискуссий.
La mayor queja, sin embargo, fue otra.
Однако самая большая претензия касалась другого.
**El apartamento era demasiado grande, pero no podían
mudarse.**
Квартира была слишком большой, но они не могли
съехать.
No había manera de que pudieran reubicar a Gregor.
У них не было никакой возможности переселить Грегора.
**Pero Gregor se dio cuenta de que no era sólo una
consideración.**
Но Грегор понял, что дело было не только в заботе.
Algo más les impidió mudarse a otro lugar.
Их остановило другое обстоятельство.
**Podría haber sido fácilmente transportado en una caja
adecuada.**
Его можно было легко перевезти в подходящем ящике.
Sus sentimientos de completa desesperanza los frenaron.
Их чувство полной безнадежности сдерживало их.
No querían admitir que la desgracia les había golpeado.
Они не хотели признавать, что их постигло несчастье.
Lo que el mundo exige de los pobres, ellos lo cumplen.
Они выполнили все требования мира к бедным людям.
**El padre le preparó el desayuno al pequeño empleado del
banco.**

Отец принес завтрак маленькому банковскому служащему.

La madre se sacrificó por la ropa de desconocidos.

Мать пожертвовала собой ради стирки белья незнакомых людей.

La hermana corría de un lado a otro para atender los pedidos de los clientes.

Сестра бегала туда-сюда, принимая заказы от покупателей.

Pero ya no tenían fuerzas para hacer más.

Но у них просто не хватило сил сделать больше.

La herida en la espalda de Gregor comenzó a doler aún más.

Рана на спине Грегора начала болеть еще сильнее.

Cada noche, la madre y la hermana llevaban al padre a la cama.

Каждую ночь мать и сестра приводили отца в постель.

Dejaron su trabajo donde estaba y se sentaron juntos.

Они оставили свою работу на месте и сели вместе.

Y se acercaron más y se sentaron mejilla contra mejilla.

И они подошли ближе друг к другу и сели щека к щеке.

La madre señaló la habitación desde donde él observaba.

Мать указала на комнату, из которой он наблюдал.

"¿Podrías cerrar la puerta?" le preguntó a la hermana.

«Не могли бы вы закрыть дверь?» — спросила она сестру.

Y entonces Gregor se quedó solo otra vez en la oscuridad.

И тогда Грегор снова остался один в темноте.

Y en la habitación de al lado la mujer mezcló sus lágrimas.

А в соседней комнате женщина смешала их слезы.

O bien se quedaban sentados con los ojos secos, simplemente mirando la mesa.

Или же они сидели, не глядя, и просто смотрели на стол.

Gregor apenas durmió, ni de noche ni de día.

Грегор почти совсем не спал, ни днем, ни ночью.

A menudo pensaba en cómo podría ayudar a la familia.

Он часто думал о том, как мог бы помочь семье.

Pensó en ganar dinero nuevamente para ellos.

Он задумался о том, чтобы снова заработать для них деньги.

Pensó en hacer lo que solía hacer por ellos.

Он задумался о том, чтобы сделать для них то, что делал раньше.

En sus pensamientos regresó el representante autorizado.

В его мыслях вновь появился уполномоченный представитель.

Y esta vez el jefe también vino al apartamento.

И на этот раз в квартиру пришел и начальник.

Y los oficinistas y los aprendices también estaban allí.

Там были и клерки, и ученики.

Incluso el lento empleado de la oficina vino a verlo.

Даже недалекий офисный служащий пришел его навестить.

Había dos o tres amigos de otros negocios.

Там было два или три друга из других компаний.

Una de las camareras de un hotel de provincias.

Одна из горничных из отеля в провинции.

Un recuerdo querido y fugaz al que intentó aferrarse.

Это было дорогое и мимолетное воспоминание, которое он пытался сохранить.

Una cajera de una sombrerería para quien tenía intenciones.

Кассир из шляпного магазина, к которой он испытывал нежные чувства.

Pero había sido un poco lento en ganar su aprobación.

Но он немного запоздал, чтобы завоевать её расположение.

Todos ellos aparecieron en sus pensamientos, mezclados con desconocidos.

Все они возникали в его мыслях, смешанные с незнакомцами.

Y otros no aparecieron, ya estaban olvidados.

А другие так и не появились; о них уже забыли.

Pero no le ayudaron a él ni tampoco a la familia.

Но они не помогли ни ему, ни его семье.

Eran inaccesibles y él se alegró cuando se fueron.

Они были недоступны, и он был рад, когда они ушли.

No siempre estaba de humor para preocuparse por la familia.

Он не всегда был настроен беспокоиться о семье.

Y se llenó de rabia por la falta de atención.

И его переполняла ярость из-за недостатка внимания.

Y no podía imaginar nada que le apeteciera.

И он не мог представить себе ничего, к чему бы у него был аппетит.

Pero aún así hizo planes para entrar en la despensa.

Но он всё ещё планировал проникнуть в кладовку.

Y él iba a tomar todo lo que se merecía.

И он собирался получить всё, что ему причиталось.

La hermana ya no hacía ningún esfuerzo especial por él.

Сестра больше не прилагала к нему никаких особых усилий.

Ella ya no pasaba el tiempo pensando en complacerlo.

Она больше не тратила время на мысли о том, как ему угодить.

Antes de ir a trabajar, rápidamente metió algo de comida en la habitación.

Перед работой она быстро принесла в комнату немного еды.

Y por la noche volvió a barrer rápidamente la comida.

А вечером она быстро снова подмела остатки еды.

Ya no se daba cuenta de si había comido o no.

Ел он или нет, она уже не замечала.

En la actualidad, la mayoría de las veces la comida se dejaba intacta.

В последнее время еду чаще всего оставляли нетронутой.

Ella todavía barría rápidamente la habitación por la noche.

Вечером она по-прежнему быстро перемещалась по комнате.

Pero ahora hizo lo mínimo, lo más rápido posible.

Но теперь она делала самый минимум необходимого, как можно быстрее.

Quedaron vetas de suciedad corriendo por las paredes.

По стенам остались полосы грязи.

Bolas de polvo y basura quedaron tiradas en el suelo.

На полу валялись комки пыли и мусора.

Gregor mostró su desaprobación por su falta de cuidado.

Грегор выразил свое неодобрение ее безразличию.

Se giró en un ángulo particularmente significativo.

Он повернулся под особенно значительным углом.

Pero podría haber permanecido en el puesto durante semanas.

Но он мог бы оставаться на этом посту еще несколько недель.

Su hermana no habría notado su insatisfacción.

Его сестра не заметила бы его недовольства.

Ella veía la suciedad tan bien como él, o incluso mejor.

Она видела грязь так же хорошо, если не лучше, чем он.

Pero ella había decidido dejar la tierra donde estaba.

Но она решила оставить грязь там, где она была.

En ese momento adoptó una sensibilidad completamente nueva.

В тот момент она приобрела совершенно новый уровень восприятия.

Ella había hecho de la limpieza de la habitación de Gregor su responsabilidad.

Она поручила уборку комнаты Грегора.

La familia se sintió conmovida por su amable consideración.

Семью тронула её доброта и внимательность.

Una vez, la madre le había dado a su habitación una limpieza a fondo.

Однажды мать тщательно убрала его комнату.

Sólo después de utilizar unos cuantos baldes de agua lo consiguió.

Ей удалось добиться успеха лишь после того, как она использовала несколько ведер воды.

Sin embargo, la nueva humedad en la habitación perjudicó a Gregor.

Однако появившаяся в комнате сырость навредила Грегору.

Y él yacía ancho, amargado e inmóvil en el sofá.

И он лежал на диване, весь в унынии, озлобленный и неподвижный.

Pero ese fue sólo su primer castigo por ayudar.

Но это было лишь первое наказание за оказанную помощь.

La hermana notó rápidamente el cambio en la habitación de Gregor.

Сестра быстро заметила перемены в комнате Грегора.

Y ella corrió a la sala, extremadamente insultada.

И она вбежала в гостиную, крайне оскорбленная.

Su madre levantó las manos y trató de implorarle.

Мать подняла руки и попыталась умолять ее.

Pero a pesar de una explicación sincera, ella rompió a llorar.

Но, несмотря на искреннее объяснение, она расплакалась.

El padre, por supuesto, se sobresaltó y se levantó de la silla.

Отец, разумеется, вздрогнул и вскочил со стула.

Y los dos padres miraban asombrados e impotentes.

А родители смотрели на это с изумлением и беспомощностью.

Y con el tiempo sus emociones también se agitaron.

И в конце концов, их эмоции тоже пришли в возбуждение.

El padre reprochó a la madre lo que había hecho.

Отец упрекнул мать за содеянное.

"Deberías haber dejado la habitación para que Grete la limpiara."

«Вам следовало оставить уборку в комнате Грете».

Grete le gritó a la madre por limpiar su habitación.

Грета накричала на мать за то, что та убрала его комнату.

"¡Nunca más podrás limpiar su habitación!"

«Тебе больше никогда не разрешат убирать его комнату!»

La madre intentó arrastrar al padre al dormitorio.

Мать попыталась затащить отца в спальню.

La hermana se quedó en la habitación, temblando y sollozando.

Сестра осталась в комнате, дрожа и рыдая.

Y golpeó la mesa con sus pequeños puños.

И она стучала по столу своими маленькими кулачками.

Y Gregor, enojado, siseó fuertemente contra todos ellos.

И Грегор в гневе громко зашипел на всех них.

¿Por qué a nadie se le ocurrió cerrarle la puerta?

Почему никому не пришло в голову закрыть для него дверь?

Podrían haberle ahorrado esta vista y este ruido.

Они могли бы избавить его от этого зрелища и шума.

La hermana estaba agotada después de llegar a casa del trabajo.

Сестра очень устала, вернувшись с работы.

Y cuidar a Gregor era aún más trabajo para ella.

А уход за Грегором стал для неё ещё большей работой.

Pero eso no significaba que la madre debía haberlo hecho.

Но это не означало, что мать должна была это сделать.

A Gregor, por el contrario, no hay que descuidarlo.

Грегора же, напротив, не следует игнорировать.

Pero ahora tenían una nueva criada que podía hacer esas cosas.

Но теперь у них появилась новая горничная, которая могла делать такие вещи.

Una viuda anciana que tenía una estructura ósea robusta.

Пожилая вдова с крепким телосложением.

Una estatura que la ayudó a sobrevivir a su difícil vida.

Рост, который помог ей пережить трудную жизнь.

Ella no sentía ninguna aversión real hacia la apariencia de Gregor.

Она не испытывала настоящей неприязни к внешности Грегора.

Ella había abierto accidentalmente la puerta de la habitación de Gregor.

Она случайно открыла дверь в комнату Грегора.

No fue por ninguna curiosidad particular sobre la habitación.

Это было не из-за какого-либо особого любопытства к этой комнате.

Ella simplemente estaba haciendo su trabajo y por casualidad abrió la puerta.

Она просто выполняла свою работу и случайно открыла дверь.

Gregor, por supuesto, quedó completamente sorprendido por ella.

Грегор, разумеется, был совершенно удивлен ее поведением.

No lo perseguían, sino que corría de un lado a otro.

Его никто не преследовал, но он бегал туда-сюда.

Y ella simplemente cruzó sus brazos y lo observó gatear.

А она просто скрестила руки и смотрела, как он ползет.

Desde entonces ella siempre le abría un poquito la puerta.

С тех пор она всегда немного приоткрывала для него дверь.

Una mañana ella entró para ver cómo estaba.

Однажды утром она заглянула, чтобы узнать, как у него дела.

Y por la tarde ella fue a ver cómo estaba antes de irse.

А вечером, перед уходом, она навестила его.

Al principio ella también intentó llamarlo para que viniera con ella.

Сначала она тоже пыталась позвать его к себе.

"¡Ven aquí, viejo escarabajo pelotero!", solía decir.

"Иди сюда, старый навозник!" — обычно говорила она.

O ella dijo, "¡mira ese viejo escarabajo pelotero!", amigablemente.

Или она дружелюбно сказала: "Посмотрите на этого старого навозного жука!".

Gregor nunca reaccionó cuando le hablaron de esa manera.

Грегор никогда не реагировал на подобные обращения.

Él permaneció allí, sin moverse, y la ignoró.

Он оставался на месте, не двигаясь, и игнорировал её.

"Si le hubieran dicho cómo hacer correctamente su trabajo."

«Если бы только ей объяснили, как правильно выполнять свою работу».

"En lugar de molestarme debería limpiar mi habitación."

«Вместо того чтобы меня беспокоить, ей следовало бы убрать мою комнату».

Una mañana temprano una fuerte lluvia golpeó las ventanas.

Однажды рано утром сильный дождь барабанил по окнам.

Quizás la lluvia ya era una señal de la llegada de la primavera.

Возможно, дождь уже был предзнаменованием приближающейся весны.

La criada comenzó a hablarle de esa manera una vez más.

Служанка снова начала говорить с ним таким образом.

Gregor estaba tan amargado que se giró para mirarla.

Грегор был настолько озлоблен, что повернулся к ней лицом.

Era lento y débil, pero fue una especie de ataque.

Он был медлительным и немощным, но это было похоже на нападение.

La criada, sin embargo, no tenía ningún miedo de Gregor.

Однако служанка совсем не боялась Грегора.

En lugar de eso, levantó una silla que estaba cerca de la puerta.

Вместо этого она подняла стул, стоявший у двери.

Y ella permaneció allí, tranquilamente, con la boca abierta.

И она стояла там, спокойно, с широко открытым ртом.

Sus intenciones eran claras, incluso Gregor podía verlo.

Её намерения были очевидны, это понимал даже Грегор.

Y se giró, lentamente, a su posición original.

И он медленно повернулся, вернувшись на своё прежнее место.

—Entonces no quieres acercarte más, ¿verdad?

"Значит, вы не хотите подходить ближе, да?"

Y silenciosamente volvió a poner la silla en la esquina.

И она тихонько поставила стул обратно в угол.

Gregor ya casi no comía nada.

Грегор почти ничего не ел.

A veces, mientras caminaba por la habitación, se detenía.

Иногда, прогуливаясь по комнате, он останавливался.
Y se encontró junto a la comida preparada para él.
И он оказался рядом с приготовленной для него едой.
Se llevó la comida a la boca, pero sólo para jugar con ella.
Он положил еду в рот, но только чтобы поиграть с ней.
Y muy a menudo lo escupía de nuevo al cabo de unas horas.
И довольно часто он выплевывал это снова через
несколько часов.
Trató de encontrar una razón para su falta de apetito.
Он пытался найти причину отсутствия аппетита.
Quizás porque estaba triste por el estado de su habitación.
Возможно, потому что его огорчало состояние его
комнаты.
**Pero ya se había adaptado a los cambios que se producían en
la habitación.**
Но он смирился с изменениями, произошедшими в
комнате.
**Recientemente su habitación se había convertido en una
especie de almacén.**
Недавно его комната превратилась в своего рода кладовку.
Se habían acostumbrado a dejar las cosas allí.
У них вошло в привычку оставлять вещи там.
Y ahora quedaban muchas cosas así en su habitación.
И теперь в его комнате оставалось много подобных вещей.
Porque una habitación del apartamento estaba alquilada.
Потому что одна комната в квартире была сдана в аренду.
Tres caballeros serios alquilaban la habitación juntos.
В комнате одновременно проживали трое серьезных
джентльменов.
Gregor los vio una vez a través de una rendija en la puerta.
Грегор однажды заметил их через щель в двери.
**Llevaban barbas pobladas y estaban vestidos
meticulosamente.**
У них были густые бороды, и они были безупречно одеты.
Eran escrupulosos en mantener todo ordenado.
Они очень тщательно следили за порядком.
Su insistencia en el orden no se limitaba a su habitación.

Их настойчивое стремление к чистоте не ограничивалось их комнатой.

Todo el apartamento tenía que mantenerse perfectamente limpio.

Всю квартиру нужно было содержать в идеальной чистоте.

Eran aún más exigentes con el aspecto de la cocina.

Они были еще более придирчивы к внешнему виду кухни.

Y no podían tolerar ningún desorden innecesario.

И они не могли терпеть никакого лишнего беспорядка.

También habían traído consigo sus propios muebles.

Они также привезли с собой свою мебель.

Por esta razón muchas cosas se habían vuelto superfluas.

По этой причине многое стало излишним.

Eran cosas por las que nadie pagaría dinero.

Это были вещи, за которые никто не стал бы платить деньги.

Pero la familia tampoco quería deshacerse de estas cosas.

Но семья также не хотела выбрасывать эти вещи.

Todas estas cosas fueron a parar a la habitación de Gregor.

Все эти вещи так или иначе оказались в комнате Грегора.

El cajón de cenizas de la cocina ahora estaba guardado en su habitación.

Пепельница из кухни теперь хранилась в его комнате.

Y la basura se guardaba en su habitación hasta el día de la basura.

А мусор хранился в его комнате до дня вывоза мусора.

La criada arrojó todo lo que no necesitaba en su habitación.

Горничная бросала в его комнату все ненужное.

Afortunadamente no vio más que la mano y el objeto.

К счастью, он увидел лишь руку и предмет.

Probablemente tenía la intención de volver a buscar las cosas más tarde.

Вероятно, она собиралась вернуться за этими вещами позже.

O tal vez quería tirarlo todo de una vez.

А может, она хотела всё выбросить разом?

Sin embargo, todo permaneció donde había quedado al principio.

Однако всё осталось на том же месте, где и приземлилось изначально.

A menos que Gregor moviera la basura moviéndose a través de ella.

Разве что Грегор сдвинул бы этот хлам, протиснувшись сквозь него.

Al principio se vio obligado a arrastrarse entre toda la basura.

Поначалу ему приходилось проползать сквозь весь этот хлам.

No tenía posibilidad de evitarlo.

У него не было никакой возможности избежать этого.

Pero más tarde realmente encontró placer en esta actividad.

Но позже он действительно стал получать удовольствие от этого занятия.

Aunque tal esfuerzo lo dejó triste y profundamente cansado.

Хотя такие усилия оставили его в печали и глубокой усталости.

Y después no pudo moverse durante muchas horas.

А после этого он много часов не мог двигаться.

Los inquilinos a veces comían en la sala de estar.

Иногда постояльцы обедали в гостиной.

La puerta del salón permanecía cerrada esas noches.

В те вечера дверь в гостиную оставалась закрытой.

Pero a Gregor no le resultó difícil no abrir la puerta.

Но Грегору теперь не составляло труда не открывать дверь.

Incluso cuando la puerta estaba abierta, no siempre miraba hacia afuera.

Даже когда дверь была открыта, он не всегда выглядывал наружу.

Pero él se acostó en el rincón más oscuro de la habitación.

Но он укрылся в самом темном углу комнаты.

La familia tampoco notó su falta de atención.

Семья тоже не заметила его невнимательности.

Pero hubo una vez que la criada dejó la puerta abierta.

Но однажды горничная оставила дверь открытой.

La puerta permaneció abierta incluso cuando los inquilinos regresaron.

Дверь оставалась открытой даже после возвращения постояльцев.

Y la puerta estaba abierta cuando se encendió la luz.

Дверь была открыта, когда включили свет.

El hombre se sentó a la mesa donde la familia cenaba.

Мужчина сидел за столом, за которым ужинала семья.

Allí se sentaron en el pasado el padre, la madre y Gregor.

В прежние времена там сидели отец, мать и Грегор.

Desplegaron las servilletas y cogieron cuchillos y tenedores.

Они развернули салфетки и взяли ножи и вилки.

La madre apareció en la puerta con un plato de carne.

Мать появилась в дверях с миской мяса.

Entonces la hermana entró con un cuenco lleno de patatas.

Затем вошла сестра с миской, полной картошки.

Los inquilinos se inclinaron sobre los cuencos colocados delante de ellos.

Постояльцы склонились над мисками, поставленными перед ними.

El humo denso de la comida les llegaba hasta la nariz.

Густой дым от еды поднимался им в нос.

Pero aún no habían decidido si comerían la comida.

Но они еще не решили, будут ли есть эту еду.

Quizás enviarían la comida de vuelta a la cocina.

Возможно, они бы отправили еду обратно на кухню.

El hombre sentado en el medio parecía ser la autoridad.

Человек, сидевший посередине, казался авторитетом.

Cortó la carne para determinar si estaba lo suficientemente tierna.

Он разрезал мясо, чтобы определить, достаточно ли оно нежное.

Estaba satisfecho con el olor y el aspecto de la comida.

Ему понравился запах и внешний вид еды.

La madre y la hermana los observaban ansiosamente.

Мать и сестра с тревогой наблюдали за ними.

Y empezaron a sonreír con un suspiro de alivio.
И они начали улыбаться, вздыхая с накопившимся облегчением.
La propia familia iba a comer en la cocina.
Члены семьи собирались обедать на кухне.
Pero primero el padre fue a ver cómo estaban los inquilinos.
Но сначала отец пошел проверить, что случилось с квартирантами.
Hizo una reverencia, sosteniendo en su mano su gorra de trabajo.
Он поклонился один раз, держа в руке свою рабочую кепку.
Y caminó en círculo alrededor de la mesa, hacia cada invitado.
И он обошел стол по кругу, подходя к каждому гостю.
Todos los inquilinos se pusieron de pie y murmuraron algo entre dientes.
Все постояльцы встали, что-то бормоча себе под нос.
Después de que él se fue, comieron en un silencio casi absoluto.
После его ухода они ели почти в полной тишине.
A Gregor le pareció extraño que pudiera oír la masticación.
Грегору показалось странным, что он слышит жевание.
Ningún otro aspecto de la alimentación parecía emitir ningún sonido.
Казалось, ни один другой аспект приема пищи не сопровождался никаким звуком.
Pero podía oír claramente el rechinar de los dientes.
Но он отчётливо слышал, как скрежещут зубы.
Parecían decirle que necesitaba dientes para comer.
Казалось, они внушали ему, что для еды ему нужны зубы.
"No puedes hacer nada si tus mandíbulas no tienen dientes".
«Без зубов ничего не получится».
"Me gustaría comer algo", dijo Gregor ansiosamente.
«Мне бы хотелось что-нибудь съесть», — с тревогой сказал Грегор.
"Pero no tengo apetito para lo que están comiendo".

«Но у меня нет аппетита к тому, что вы все едите».

"Mira cómo comen estos huéspedes y yo aquí muriéndome de hambre".

«Посмотрите, как едят эти постояльцы, а я тут голодаю».

Aquella noche Gregor pensó por casualidad en el violín.

В тот вечер Грегор случайно подумал о скрипке.

No había oído el violín desde la transformación.

С момента переделки он не слышал скрипки.

Pero entonces, esta noche, se oyó un ruido desde la cocina.

Но сегодня вечером из кухни послышался какой-то звук.

Los caballeros ya habían terminado su cena.

Джентльмены уже закончили ужинать.

El caballero del medio había comenzado a leer un periódico.

Мужчина посередине начал читать газету.

Les había dado a los otros dos caballeros una hoja a cada uno.

Двое других джентльменов получили по одному листу бумаги.

Y ahora estaban recostados, leyendo y fumando.

Теперь они откинулись на спинки кресел, читали и курили.

Cuando el violín empezó a sonar, se pusieron atentos.

Когда заиграла скрипка, они внимательно слушали.

Se levantaron y caminaron de puntillas hacia la puerta de la antesala.

Они встали и на цыпочках направились к двери прихожей.

Allí estaban, acurrucados juntos, escuchando desde la puerta.

Они стояли, сбившись в кучу, и прислушивались к звукам у двери.

La familia debió haber escuchado a los hombres desde la cocina.

Члены семьи, должно быть, услышали разговор мужчин на кухне.

Porque el padre los llamó y les preguntó;

Потому что отец окликнул их и спросил;

¿Acaso el violín resulta incómodo para los caballeros?
«Возможно, скрипка неудобна для джентльменов?»
"Si no te gusta la música podemos parar inmediatamente."
«Если вам не нравится музыка, мы можем немедленно её остановить».
"Al contrario", dijo el centro de los caballeros.
«Напротив», — ответили господа из средней части зала.
"¿Le gustaría a la señorita tocar el violín en nuestra habitación?"
«Не хотела бы молодая леди поиграть на скрипке в нашем номере?»
"Definitivamente es mucho más cómodo y acogedor aquí".
«Здесь определенно намного комфортнее и уютнее».
El padre respondió como si fuera el propio violinista.
Отец отвечал так, словно сам был скрипачом.
"Oh, por favor, eso sería maravilloso", exclamó el padre.
«О, пожалуйста, это было бы чудесно!» — воскликнул отец.
Los caballeros regresaron a la sala de estar y esperaron.
Джентльмены вернулись в гостиную и стали ждать.
Pronto el padre entró en la habitación con el atril.
Вскоре в комнату вошел отец с пюпитром.
La madre entró en la habitación con el libro de música.
Мать вошла в комнату с музыкальной книгой.
Y la hermana entró en la habitación con el violín.
И тут в комнату вошла сестра со скрипкой.
Ella preparó todo con calma para tocar el violín.
Она спокойно подготовила все необходимое для игры на скрипке.
Los padres exageraron su cortesía y modales.
Родители чрезмерно проявляли вежливость и манеры.
Nunca antes habían alquilado habitaciones a huéspedes.
Раньше они никогда не сдавали комнаты постояльцам.
Y ni siquiera se atrevieron a sentarse en sus propias sillas.
И они даже не смели садиться на собственные стулья.
En lugar de sentarse, el padre se apoyó contra la puerta.
Вместо того чтобы сесть, отец прислонился к двери.

Su mano derecha estaba entre dos botones de su abrigo.

Его правая рука находилась между двумя пуговицами пальто.

Sin embargo, un caballero le ofreció una silla a la madre.

Однако матери один джентльмен предложил стул.

Pero ella se sentó donde el caballero había colocado la silla.

Но она села там, где джентльмен поставил стул.

Y no había colocado la silla en ningún lugar determinado.

И он не поставил стул в какое-либо конкретное место.

Así que la madre se sentó apartada de todos, en un rincón.

Поэтому мать села отдельно от всех, в углу.

Y finalmente la hermana empezó a tocar el violín.

И наконец, сестра начала играть на скрипке.

Los padres, en lados opuestos, prestaron mucha atención.

Родители, находившиеся по разные стороны баррикад, внимательно следили за происходящим.

Y observaban atentamente cada movimiento de su mano.

И они внимательно следили за каждым движением её руки.

Gregor también se sentía atraído por la interpretación del violín.

Грегора также привлекала игра на скрипке.

Y se aventuró a salir de su habitación un poco más lejos.

И он отошёл немного дальше от своей комнаты.

Él ya estaba con la cabeza dentro de la sala.

Он уже уткнулся головой в гостиную.

Solía enorgullecerse de ser muy considerado.

Раньше он очень гордился своей внимательностью и заботой о других.

Pero últimamente casi no cuestiona su falta de cuidado.

Но в последнее время он почти не задавал вопросов по поводу своего безразличия.

Aunque ahora tenía más motivos para esconderse que antes.

Хотя теперь у него было больше причин скрываться, чем раньше.

Porque su habitación estaba cubierta de polvo y suciedad diversa.

Потому что его комната была покрыта пылью и различной грязью.

El más leve movimiento levantaba todo tipo de suciedad.

Малейшее движение поднимало в воздух всевозможную грязь.

Toda esa suciedad se le pegó: polvo, pelo, restos de comida.

Вся эта грязь прилипла к нему: пыль, волосы, остатки еды.

Podría haber frotado la suciedad contra la alfombra.

Он мог бы просто стереть грязь о ковер.

Esto era algo que solía hacer varias veces al día.

Раньше он делал это несколько раз в день.

Pero su indiferencia hacia todo era demasiado grande.

Но его безразличие ко всему было слишком велико.

Así que no tuvo miedo de avanzar un poco más.

Поэтому он не боялся продвинуться немного дальше.

Y se trasladó al inmaculado suelo de la sala de estar.

И он вышел на безупречно чистый пол в гостиной.

Sin embargo, nadie se dio cuenta ni le prestó atención.

Однако никто его не заметил и не обратил на него внимания.

La familia estaba completamente absorta en el concierto.

Вся семья была полностью поглощена концертом.

Los caballeros, por el contrario, inicialmente se retiraron.

Джентльмены же, напротив, сначала отступили.

Y se quedaron cerca, detrás del atril de la hermana.

И они стояли вплотную за пюпитром сестры.

Si hubieran mirado habrían podido ver las notas musicales.

Если бы они присмотрелись, то смогли бы увидеть ноты.

Esto, por supuesto, habría perturbado a la hermana.

Это, конечно, расстроило бы сестру.

Luego se quedaron de pie junto a la ventana, en lugar de sentarse.

Затем они встали у окна, вместо того чтобы сесть.

Con las manos en los bolsillos seguían hablando.

Они продолжали говорить, держа руки в карманах.

Permanecieron allí mientras el padre observaba ansiosamente.

Они оставались там, пока отец с тревогой наблюдал за ними.

Uno tenía la impresión de que tenían otras expectativas.

Создавалось впечатление, что у них были другие ожидания.

Y realmente parecía como si se hubieran decepcionado.

И действительно казалось, что они были разочарованы.

Parecía que ya estaban hartos de la actuación.

Похоже, им уже достаточно этого представления.

Habían permitido que el violín perturbara su paz.

Они позволили скрипке нарушить их покой.

Y sólo toleraban la música por cortesía.

И они терпели эту музыку лишь из вежливости.

Lo que más me desconcertó fue cómo expulsaron el humo.

Особенно тревожным было то, как они рассеяли дым.

Y aún así, tocaba el violín maravillosamente.

И всё же она играла на скрипке так прекрасно.

Su rostro estaba inclinado suavemente hacia un lado, sobre el violín.

Ее лицо было слегка наклонено в сторону, к скрипке.

Sus ojos buscaban con tristeza las líneas musicales.

Ее взгляд печально скользил по музыкальным строкам.

Gregor se sintió atraído un poco más hacia la sala de estar.

Грегор почувствовал, что его немного сильнее тянет в гостиную.

Mantuvo la cabeza cerca del suelo, pero miró hacia arriba.

Он держал голову близко к земле, но смотрел вверх.

Tal vez de esta manera la mirada de su hermana podría encontrarse con la suya.

Возможно, таким образом взгляд его сестры встретится с его глазами.

¿Puede realmente decirse que era sólo un animal?

Можно ли с уверенностью сказать, что он был просто животным?

¿Era un animal si la música podía cautivarlo tanto?

Разве он был животным, если музыка могла так его очаровать?

Sintió como si le mostraran un camino hacia una alimentación desconocida.

Ему показалось, что ему указали путь к неведомому источнику питания.

Quizás éste era el sustento que le faltaba.

Возможно, именно этого ему и не хватало.

Estaba decidido a dirigirse hacia su hermana.

Он был полон решимости добраться до своей сестры.

Quería tirar de su falda para llamar su atención.

Он хотел потянуть её за юбку, чтобы привлечь её внимание.

Quería darle una indicación de una invitación.

Он хотел дать ей понять, что это приглашение.

"Ven a tocar el violín en mi habitación", quiso decir.

«Пойдем, поиграй на скрипке у меня в комнате», — хотел он сказать.

Él quería que ella fuera recompensada por su hermosa música.

Он хотел, чтобы её наградили за её прекрасную музыку.

"Aquí nadie te recompensa por tocar el violín".

«Здесь никто не наградит вас за игру на скрипке».

Él ya no quería dejarla salir de su habitación.

Он больше не хотел выпускать её из своей комнаты.

Él quería que ella permaneciera con él mientras viviera.

Он хотел, чтобы она оставалась с ним до конца его жизни.

Por primera vez su transformación tuvo un beneficio.

Впервые его преображение принесло пользу.

Su deformidad finalmente iba a serle útil.

Его деформация в конце концов должна была ему пригодиться.

Quería estar en las cuatro puertas simultáneamente.

Он хотел оказаться одновременно у всех четырех дверей.

Quería silbarles y escupirles desde todos los ángulos.

Ему хотелось шипеть и плевать на них со всех сторон.

Su hermana no debería verse obligada a quedarse con él.

Его сестру не следует принуждать оставаться с ним.

Él quería que ella eligiera quedarse con él voluntariamente.

Он хотел, чтобы она добровольно решила остаться с ним.

Ella iba a sentarse a su lado e inclinarse hacia él.

Она собиралась сесть рядом с ним и наклониться к нему.

Y le iba a contar sobre la escuela de música.

И он собирался рассказать ей о музыкальной школе.

Tenía la firme intención de enviarla a la academia.

Он твердо намеревался отправить ее в академию.

Se lo habría contado a todo el mundo la pasada Navidad.

Он бы рассказал об этом всем ещё в прошлое Рождество.

¿Ya había llegado y pasado realmente la Navidad?

Неужели Рождество уже снова прошло?

Y no habría dejado que nadie le disuadiera de ello.

И он не позволил бы никому отговорить его от этого.

Pero entonces el desafortunado accidente lo detuvo todo.

Но затем несчастный случай остановил всё.

La hermana se habría sentido abrumada por la emoción.

Сестру наверняка переполнили бы эмоции.

Y entonces Gregor se habría subido hasta su hombro.

А потом Грегор забрался бы ей на плечо.

Y la habría consolado besándole el cuello.

И он бы утешил её, поцеловав в шею.

—¡Señor Samsa! —gritó el hombre del medio al padre.

«Господин Самса!» — крикнул мужчина посередине отцу.

Señalaba con su dedo índice hacia Gregor.

Он указывал указательным пальцем вниз на Грегора.

Gregor se movía lentamente por el suelo de la sala de estar.

Грегор медленно передвигался по полу гостиной.

El sonido del violín se silenció muy rápidamente.

Игра на скрипке очень быстро затихла.

El del medio de los tres hombres sonrió a sus amigos.

Средний из троих мужчин улыбнулся своим друзьям.

Luego meneó la cabeza y volvió a mirar a Gregor.

Затем он покачал головой и снова посмотрел на Грегора.

El padre podría haber obligado a Gregor a regresar a su habitación.

Отец мог бы силой отвести Грегора обратно в его комнату.

Pero esa no fue la primera acción que decidió tomar.

Но это было не первое, что он решил предпринять.

Pensó que era más importante calmar a los caballeros.

Он посчитал, что важнее успокоить этих джентльменов.

Aunque en realidad no estaban molestos en absoluto por Gregor.

Хотя Грегор их совсем не расстроил.

Gregor parecía más entretenido que tocar el violín.

Грегор показался мне более интересным персонажем, чем игра на скрипке.

Corrió hacia ellos con los brazos extendidos.

Он бросился к ним с распростертыми объятиями.

Estaba intentando hacer lo mejor que podía para ocultar su visión de Gregor.

Он изо всех сил старался скрыть их взгляд на Грегора.

Y trató de animarlos a regresar a su habitación.

И он попытался уговорить их вернуться в свою комнату.

En realidad, esto los hizo enfadar un poco.

Наоборот, это их немного разозлило.

Pero era difícil decir exactamente qué les molestaba.

Но трудно было сказать, что именно их раздражало.

El padre estaba arruinando la diversión de la noche.

Отец портил вечернее развлечение.

Pero también acababan de enterarse de su nuevo compañero de piso.

Но они также только что узнали о своем новом соседе по квартире.

Levantaron las manos tal como lo había hecho el padre.

Они подняли руки точно так же, как это сделал отец.

Exigieron una explicación inmediata al padre.

Они потребовали от отца немедленных объяснений.

Se tiraron inquietos de la barba esperando una respuesta.

Они беспокойно дергали себя за бороды в поисках ответа.

Y retrocedieron hasta su habitación, pero muy lentamente.

И они очень медленно, но назад, направились в свою комнату.

La interrupción había dejado a la hermana en trance.

Это прерывание погрузило сестру в транс.

Dejó que el violín y el arco colgaran a su lado.

Она позволила скрипке и смычку повиснуть вдоль тела.

Y ella miraba la partitura como si todavía estuviera tocando.

И она смотрела на ноты так, словно все еще играла.

Pero de repente ella regresó a la habitación.

Но затем она внезапно вернулась в комнату.

Y ahora había superado el sentimiento de estar perdida.

И теперь она преодолела чувство растерянности.

Ella colocó el instrumento musical en el regazo de su madre.

Она положила музыкальный инструмент на колени матери.

La madre estaba sentada en la silla, respirando con dificultad.

Мать сидела на стуле, тяжело дыша.

Y entonces la hermana tuvo que correr a la habitación de al lado.

А затем сестре пришлось убежать в соседнюю комнату.

Tenía que dejar todo listo para los caballeros.

Ей нужно было всё подготовить для джентльменов.

Ella arrojó las mantas y los cojines al aire.

Она подбросила одеяла и подушки в воздух.

Y con sus manos expertas dispuso toda la ropa de cama.

И своими умелыми руками она расставила все постельные принадлежности.

Terminó antes de que los caballeros llegaran a la habitación.

Она закончила говорить еще до того, как джентльмены вошли в комнату.

Y ella se escabulló antes de interponerse en su camino.

И она незаметно ускользнула, прежде чем помешать им.

El padre parecía estar dominado por su propia terquedad.

Казалось, отца охватило собственное упрямство.

Y así olvidó todo respeto que debía a sus inquilinos.

И поэтому он забыл обо всем уважении, которое был должен своим арендаторам.

Empujó y empujó hasta que su portavoz se opuso.

Он настаивал и настаивал, пока их представитель не выразил протест.

Al llegar a la puerta, dio una patada furiosa.

Он сердито топнул ногой, подойдя к двери.

Y con esto logró detener al padre.

И таким образом он остановил отца.

"Por la presente declaro", comenzó dirigiéndose a su propietario.

«Настоящим заявляю», — начал он обращаться к своему домовладельцу.

Y levantó la mano, mirando a toda la familia.

И он подиял руку, глядя на всю семью.

"En cuanto a las repugnantes condiciones de la habitación;"

«Что касается отвратительных условий в номере;»

Y se aseguró de que todos escucharan sus palabras.

И он убедился, что все внимательно слушают его слова.

"Por la presente, le comunico que desocuparé mi habitación".

«Настоящим уведомляю о своем намерении освободить комнату».

Y reiteró su punto escupiendo en el suelo.

И в подтверждение своих слов он плюнул на землю.

"Tampoco pagaré por los días que he vivido aquí."

«И я не буду платить за те дни, что прожил здесь».

Sin embargo, no estaba completamente satisfecho con este reembolso.

Однако он не был полностью удовлетворён этим возвратом средств.

"Y consideraré hacer otras demandas contra usted."

«И я рассмотрю возможность предъявления вам других требований».

Créeme, tales exigencias serán muy fáciles de justificar.

«Поверьте, такие требования будет очень легко обосновать».

Él permaneció en silencio y miró directamente al padre.

Он молчал и смотрел прямо перед собой, на отца.

Parecía estar esperando que sucediera algo más.

Он, похоже, ожидал чего-то большего.

De hecho, sus dos amigos inmediatamente tuvieron la misma idea.

На самом деле, двум его друзьям тут же пришла в голову та же идея.
"También estamos cancelando nuestras habitaciones", dijeron al unísono.
«Мы тоже отменяем бронирование номеров», — сказали они в унисон.
Luego agarró la manija de la puerta y cerró la puerta.
Затем он схватился за дверную ручку и закрыл дверь.
Y con un fuerte estruendo se encerraron en su habitación.
И с громким хлопком они заперлись в своей комнате.
El padre se tambaleó hasta su silla con manos torpes.
Отец, пошатываясь, дошёл до своего стула, шаря руками в поисках опоры.
Y se dejó caer en la silla, derrotado.
И он, побежденный, рухнул в кресло.
Parecía como si fuera a echar su siesta vespertina habitual.
По всей видимости, он собирался вздремнуть, как обычно, вечером.
Pero su cabeza asintió casi como si no tuviera apoyo.
Но его голова кивала так, словно её никто не поддерживал.
Y se podía ver que no estaba durmiendo en absoluto.
И было видно, что он совсем не спал.
Durante todo este tiempo Gregor no se había movido de su sitio.
Всё это время Грегор не сдвинулся с места.
Todavía estaba donde los caballeros lo habían visto por primera vez.
Он по-прежнему находился там, где его впервые увидели эти джентльмены.
Incluso si hubiera querido moverse, le resultó imposible.
Даже если бы он захотел переехать, он бы обнаружил, что это невозможно.
Por su decepción, o por su hambre.
Из-за разочарования или из-за голода.
Estaba decepcionado por el fracaso de su plan.
Он был разочарован провалом своего плана.
Y estaba débil por el hambre prolongada que sentía.

Он был слаб от продолжительного чувства голода.

Estaba seguro de que en cualquier momento todos se volverían contra él.

Он был уверен, что в любой момент все отвернутся от него.

Con esta expectativa de colapso inminente, esperó.

Он ждал, предчувствуя неминуемый крах.

El violín empezó a deslizarse del regazo de la madre.

Скрипка начала соскальзывать с колен матери.

Con un sonido resonante el violín cayó al suelo.

С оглушительным грохотом скрипка упала на землю.

Pero ni siquiera ese repentino ruido estrepitoso lo sobresaltó.

Но даже этот внезапный грохот его не испугал.

«Queridos padres», dijo la hermana, «esto no puede continuar».

«Дорогие родители, — сказала сестра, — так продолжаться не может».

Y golpeó la mesa con la mano para dejar claro su punto.

И она с силой ударила рукой по столу, чтобы подчеркнуть свою мысль.

"No diré el nombre de mi hermano delante de este monstruo".

«Я не произнесу имени своего брата перед этим чудовищем».

"Por eso lo digo lo más claramente posible:"

«Поэтому я и говорю это максимально прямо:»

"No tenemos otra opción que deshacernos de este animal".

«У нас нет другого выбора, кроме как избавиться от этого животного».

"Hicimos lo mejor que pudimos para tolerar y cuidar a este animal".

«Мы сделали все возможное, чтобы терпеть это животное и заботиться о нем».

"No creo que nadie pueda culparnos en lo más mínimo".

«Я думаю, никто не может нас ни в малейшей степени винить».

"Tiene mil veces razón", asintió el padre.

«Она в тысячу раз права», — согласился отец.
La madre aún no había recuperado del todo el aliento.
Мать до сих пор не полностью восстановила дыхание.
Ella empezó a toser sordamente en su mano, respirando con dificultad.
Она начала глухо кашлять в руку, тяжело дыша.
Y una expresión de locura comenzó a surgir en sus ojos.
И в её глазах начало появляться безумное выражение.
La hermana corrió hacia su madre y le sujetó la frente.
Сестра бросилась к матери и прижала руку ко лбу.
El padre pareció inspirarse en las palabras de la hermana.
Слова сестры, похоже, вдохновили отца.
Y sus pensamientos parecían ser más claros que antes.
И его мысли, казалось, стали яснее, чем прежде.
Dejó de asentir con la cabeza y volvió a sentarse derecho.
Он перестал кивать головой и снова выпрямился.
Y jugaba con la gorra de sirviente, sumido en sus pensamientos.
И он, погруженный в размышления, играл с шапкой своего слуги.
Los platos de los inquilinos todavía estaban sobre la mesa.
Тарелки, оставленные жильцами, всё ещё лежали на столе.
Y a veces miraba hacia el silencioso Gregor.
Иногда он поглядывал на молчаливого Грегора.
"Tenemos que intentar deshacernos de él", le dijo la hermana.
«Мы должны попытаться избавиться от этого», — сказала ему сестра.
La madre estaba demasiado ocupada tosiendo como para escuchar.
Мать была слишком занята кашлем, чтобы слушать.
"Los matará a ambos, ya lo veo venir."
«Это вас обоих убьёт, я уже вижу, как это происходит».
"No podemos seguir trabajando tan duro como lo hacemos todos."
«Мы не можем все продолжать работать так усердно, как сейчас».

"Y cada día tenemos que volver a casa y encontrarnos con esta tortura."

«И каждый день нам приходится возвращаться домой и снова сталкиваться с этими пытками».

"No podemos soportarlo más. No puedo soportarlo."

«Мы больше не можем это терпеть. Я больше не могу это терпеть».

Ella cayó ante su madre en un último estallido de lágrimas.

В последний раз она упала к матери, обрушив на нее поток слез.

Las lágrimas cayeron por su rostro y sobre el de su madre.

Слезы текли по ее лицу и падали на лицо матери.

Y se secó las lágrimas con un movimiento mecánico.

И она механически вытерла слезы.

"Hijo mío", dijo el padre con voz compasiva.

«Дитя моё», — сказал отец сочувствующим голосом.

Había profunda simpatía y comprensión en su voz.

В его голосе звучали глубокое сочувствие и понимание.

«Pero ¿qué debemos hacer?», confesó no saberlo.

«Но что же нам делать?» — признался он, что не знает.

La hermana simplemente se encogió de hombros con impotencia.

Сестра лишь беспомощно пожала плечами.

Y su confianza anterior fue reemplazada nuevamente por lágrimas.

И ее прежнюю уверенность снова сменили слезы.

«Si nos entendiera», dijo el padre en voz alta.

«Если бы он только нас понимал», — сказал отец вслух.

Y se preguntó si tal vez Gregor entendía.

И он полузадумался, может быть, Грегор его понял.

La hermana simplemente sacudió su mano violentamente mientras lloraba.

Сестра лишь яростно трясла ей руку, плача.

Y entonces ella señaló que no se debía pensar en esa idea.

И поэтому она дала понять, что об этой идее не стоит даже думать.

«¡Si nos comprendiera!», repitió el padre.

«Если бы только он нас понимал», — повторил отец.

Cerrando los ojos consideró la respuesta de la hermana.

Закрыв глаза, он обдумал ответ сестры.

"Si lo entendiera se podría llegar a un acuerdo con él."

«Если бы он понял, что с ним можно было бы заключить соглашение».

"Pero estando las cosas como están..."

«Но учитывая сложившуюся ситуацию...»

"Tiene que irse", gritó la hermana, "es la única manera".

«Это должно произойти, — воскликнула сестра, — это единственный выход».

"Tienes que deshacerte de la idea de que es Gregor".

«Нужно избавиться от мысли, что это Грегор».

"Que lo hayamos creído durante tanto tiempo es nuestra verdadera desgracia."

«Настоящее наше несчастье в том, что мы так долго в это верили».

«¿Pero cómo puede ser Gregor?», le preguntó a su padre.

«Но как это может быть Грегор?» — спросила она отца.

"Sabía que un animal así no podía coexistir con los humanos".

«Он знал, что такое животное не может сосуществовать с людьми».

Gregor nos habría abandonado hace mucho tiempo, voluntariamente.

«Грегор давно бы покинул нас по собственной воле».

"Es cierto, entonces no tendríamos ningún hermano."

«Это правда, тогда у нас не было бы брата».

"Pero podríamos seguir viviendo y honrar su memoria".

«Но мы могли бы продолжать жить и чтить его память».

"Pero esta bestia nos persigue y ahuyenta a nuestros labradores."

«Но это чудовище преследует нас и отпугивает наших арендаторов».

"Es evidente que quiere apoderarse de todo el apartamento".

«Очевидно, оно хочет захватить всю квартиру».

"Esta bestia quiere hacernos dormir en la calle."

«Этот зверь хочет заставить нас спать на улице».

«Mira, padre», gritó de repente, «¡se mueve otra vez!»

«Смотри, папа, — вдруг воскликнула она, — он снова шевелится!»

E hizo algo que ni siquiera Gregor pudo entender.

И она сделала то, чего не смог понять даже Грегор.

Ella se apartó, como sacrificando a la madre.

Она оттолкнула себя, словно принося в жертву мать.

Y ella corrió detrás de su padre buscando algún tipo de seguridad.

И она побежала за отцом, чтобы хоть как-то укрыться.

El padre estaba agitado únicamente porque su hija lo estaba.

Отец был взволнован только потому, что была взволнована его дочь.

Pero entonces él también se levantó y levantó los brazos sobre ella.

Но затем он тоже встал и поднял руки над ней.

Pero Gregor no tenía intención de asustar a nadie.

Но Грегор не собирался никого пугать.

Sobre todo no pensó en asustar a su hermana.

У него и в голову не приходило напугать сестру.

Él sólo estaba intentando regresar a su habitación.

Он просто пытался развернуться и вернуться в свою комнату.

Pero dado que su estado estaba empeorando, incluso esto era difícil.

Но в условиях его ухудшающегося состояния даже это было сложно.

Y ya no tenía pleno uso de todas sus piernas.

И он уже не мог в полной мере пользоваться всеми ногами.

Entonces usó su cabeza para levantar su cuerpo y girar.

Поэтому он использовал голову, чтобы приподнять тело и повернуться.

Hizo una pausa y miró a su alrededor esperando la aprobación de la familia.

Он сделал паузу и огляделся в поисках одобрения семьи.

Su buena intención parecía haber sido reconocida.

Похоже, его благие намерения были оценены по достоинству.

Su movimiento sólo había sido un shock momentáneo para ellos.

Его движение вызвало у них лишь кратковременный шок.

Ahora todos lo miraban en un silencio infeliz.

Теперь все они смотрели на него в несчастливом молчании.

La madre seguía tumbada en el sillón, exhausta.

Мать все еще лежала в кресле, измученная.

El padre y la hermana estaban sentados uno al lado del otro.

Отец и сестра сидели рядом.

«Quizás ahora me dejen dar la vuelta», pensó Gregor.

«Может, теперь мне разрешат развернуться», — подумал Грегор.

Y continuó haciendo su torpe movimiento de giro.

И он продолжал совершать свои неуклюжие повороты.

No podía reprimir los jadeos ocasionales de esfuerzo.

Он не мог сдержать периодические вздохи, вызванные физическим напряжением.

Y se vio obligado a descansar un par de veces entre uno y otro.

И ему приходилось несколько раз отдыхать в перерывах между отдыхом.

Ya nadie le obligaba a apresurarse; la decisión estaba en sus manos.

Теперь его никто не заставлял спешить; все было предоставлено ему самим.

Al final completó el giro lento y doloroso.

В конце концов он завершил медленный и мучительный поворот.

Inmediatamente comenzó a caminar directamente de regreso a su habitación.

Он тут же направился обратно в свою комнату.

Se sorprendió de lo lejos que estaba de su habitación.

Он был поражен тем, как далеко от своей комнаты он находится.

¿Cómo, a pesar de su debilidad, había llegado allí antes?

Как, несмотря на свою слабость, ему удалось оказаться там раньше?

Había recorrido casi el mismo camino sin darse cuenta.

Он проделал почти тот же путь, даже не заметив этого.

Ahora él sólo se concentró en gatear tan rápido como podía.

Теперь он просто сосредоточился на том, чтобы ползти как можно быстрее.

La falta de comentarios por parte de alguien no le inquietó.

Отсутствие комментариев с чьей-либо стороны его нисколько не беспокоило.

Sólo cuando ya estaba en la puerta giró la cabeza.

Он повернул голову лишь тогда, когда уже вошёл в дверь.

Pero no pudo darse la vuelta para mirar hacia atrás por completo.

Но он не смог полностью обернуться, чтобы посмотреть назад.

Porque sintió que su cuello se ponía aún más rígido al girarse.

Потому что он почувствовал, как его шея еще сильнее напряглась, когда он повернулся.

Pero vio que de todas formas nada había cambiado detrás de él.

Но он увидел, что за его спиной ничего не изменилось.

La única diferencia fue que su hermana se puso de pie.

Единственное отличие заключалось в том, что его сестра встала.

Su última mirada mostró que su madre se había quedado dormida.

Последний взгляд, который он бросил, показал, что его мать уснула.

Tan pronto como estuvo dentro de su habitación la puerta se cerró.

Как только он вошёл в свою комнату, дверь тут же закрылась.

Y tan pronto como la puerta se cerró, el cerrojo quedó bloqueado.

И как только дверь закрылась, замок заперся.

Gregor se asustó por el ruido inesperado que se oía detrás.

Грегора напугал неожиданный шум позади.

Y sus piernas se doblaron bajo él por la repentina sorpresa.

И от внезапного удивления у него подкосились ноги.

Fue la hermana quien corrió hacia la puerta detrás de él.

Это была сестра, которая бросилась к двери вслед за ним.

Ella ya se encontraba allí de pie, esperándolo.

Она уже стояла там прямо и ждала его.

Luego saltó hacia delante ligeramente sin que Gregor la oyera.

Затем она тихонько прыгнула вперёд, так что Грегор её не услышал.

"¡Por fin!" gritó en voz alta mientras giraba la llave.

"Наконец-то!" — воскликнула она вслух, поворачивая ключ.

"¿Y ahora qué?", se preguntó Gregor, solo en la oscuridad.

«Что теперь делать?» — спросил себя Грегор, оставшись один в темноте.

Pronto descubrió que ya no podía moverse en absoluto.

Вскоре он обнаружил, что больше совсем не может двигаться.

Pero no le sorprendió realmente su inmovilidad.

Но его неподвижность его особо не удивила.

Poder moverse con piernas tan delgadas parecía ridículo.

Передвигаться на таких тонких ногах казалось нелепым.

No sabía cómo había sido capaz de hacerlo.

Он сам не понимал, как ему это раньше удавалось.

Pero aparte de eso se sentía relativamente cómodo.

Но помимо этого он чувствовал себя относительно комфортно.

Es cierto que sentía un dolor profundo en todo el cuerpo.

Это правда, что он испытывал сильную боль по всему телу.

Pero el dolor parecía hacerse cada vez más débil.

Но боль, казалось, становилась все слабее и слабее.

Y sintió que el dolor eventualmente desaparecería.
И ему казалось, что боль в конце концов исчезнет.
Ya casi no sentía la manzana podrida en su espalda.
Он почти перестал чувствовать это гнилое яблоко у себя в спине.
Pensó en su familia con emoción y amor.
Он с волнением и любовью вспоминал свою семью.
Sintió las emociones de su hermana incluso más que ella misma.
Он чувствовал эмоции своей сестры даже сильнее, чем она сама.
Ella tenía razón en lo que había dicho: él tenía que irse.
Она была права в своих словах; он должен был уйти.
Pasó algún tiempo en ese estado vacío y pacífico.
Он провел некоторое время в этом пустом и мирном месте.
El reloj dio tres veces, silenciosamente, pero con firmeza.
Часы пробили три раза, тихо, но отчетливо.
Gregor fue sacado suavemente de sus meditaciones.
Грегора мягко вывели из задумчивости.
Observó cómo la luz de la mañana entraba lentamente en su habitación.
Он наблюдал, как утренний свет медленно проникает в его комнату.
Entonces su cabeza se hundió por completo, sin su voluntad.
Затем, против его воли, он полностью опустил голову.
Y su último aliento fluyó débilmente de su nariz.
И последний вздох слабо вырвался из его ноздрей.

La criada entró en su habitación temprano en la mañana.
Горничная пришла в его комнату рано утром.
No encontró nada inusual durante su corta visita habitual.
Во время своего обычного короткого визита она не обнаружила ничего необычного.
Con fuerza y prisa cerró de golpe todas las puertas.
Она, обессилев и отчаявшись, захлопнула все двери.
No fue posible dormir tranquilo en todo el apartamento.

Во всей квартире невозможно было спокойно выспаться.
Le habían pedido que evitara hacer esto por la mañana.
Ей было рекомендовано избегать этого по утрам.
Ella pensó que él yacía allí inmóvil a propósito.
Она думала, что он лежит там так неподвижно
специально.
Quizás quería demostrarle que estaba ofendido.
Возможно, он хотел показать ей, что обиделся.
Ella confiaba en que él tenía todo tipo de inteligencia.
Она доверяла ему и верила, что он обладает самыми
разными способностями.
Ella sostenía por casualidad la escoba larga en su mano.
Так получилось, что в руке она держала длинную метлу.
**Entonces, desde la puerta, intentó hacerle un poco de
cosquillas a Gregor.**
Поэтому, стоя у двери, она попыталась немного
пощекотать Грегора.
**Ella estaba un poco molesta porque él no respondió en
absoluto.**
Она была немного раздражена тем, что он вообще никак
не отреагировал.
Así que esta vez lo empujó un poco más firmemente.
Поэтому на этот раз она толкнула его чуть сильнее.
Cuando él no ofreció resistencia, ella lo miró más de cerca.
Когда он не оказал сопротивления, она присмотрелась
повнимательнее.
**Pronto se dio cuenta de lo que realmente le había sucedido a
Gregor.**
Вскоре она поняла, что на самом деле произошло с
Грегором.
Abrió más los ojos y silbó para sí misma.
Она широко раскрыла глаза и присвистнула про себя.
Pero no perdió mucho tiempo antes de abrir la puerta.
Но она не стала терять времени и открыла дверь.
Y clamó a gran voz en la oscuridad:
И она громко крикнула в темноту:
"Ven a echarle un vistazo, ahí está, completamente muerto."

«Посмотрите, вот оно лежит, совершенно мертвое».

Los dos padres estaban sentados erguidos en el lecho conyugal.

Оба родителя сидели прямо в своей супружеской постели.

Primero tuvieron que superar el impacto del ruido.

Сначала им пришлось преодолеть шок от шума.

Pero poco a poco empezaron a comprender su mensaje.

Но затем они постепенно начали понимать ее послание.

El señor y la señora Samsa saltaron cada uno de su lado de la cama.

Господин и госпожа Самса выпрыгнули из своих кроватей.

El señor Samsa se echó la gruesa manta sobre los hombros.

Господин Самса накинул на плечи толстое одеяло.

Y la señora Samsa salió sin nada más que su camisón.

А госпожа Самса вышла, одетая лишь в ночную рубашку.

Y así entraron en la habitación de Gregor.

Вот так они и вошли в комнату Грегора.

Mientras tanto, la puerta de la sala de estar también se había abierto.

Тем временем дверь в гостиную тоже открылась.

Grete había dormido allí desde que los inquilinos se mudaron.

Грете спала там с тех пор, как въехали жильцы.

Estaba completamente vestida como si no hubiera dormido en absoluto.

Она была одета так, словно совсем не спала.

Su rostro pálido también parecía demostrar su falta de sueño.

Ее бледное лицо также, по-видимому, свидетельствовало о недостатке сна.

"¿Está muerto?" preguntó la señora Samsa, mirando a la criada.

«Он мертв?» — спросила госпожа Самса, глядя на служанку.

Ella podría haberlo confirmado mirándolo ella misma.

Она могла бы убедиться в этом, взглянув на него сама.

"Creo que sí", dijo la criada cogiendo la escoba.

«Думаю, да», — сказала служанка, поднимая метлу.

Y ella empujó su cuerpo muy lejos por el suelo.

И она оттолкнула его тело далеко по полу.

La señora Samsa hizo un movimiento como si quisiera detenerla.

Госпожа Самса сделала движение, словно хотела ее остановить.

Pero al final dejó que la criada llevara a Gregor de un lado a otro.

Но в конце концов она позволила служанке поводить Грегора по комнате.

—Bueno —dijo el señor Samsa—, por fin podemos dar gracias a Dios.

«Что ж, — сказал господин Самса, — наконец-то мы можем поблагодарить Бога».

Hizo la señal de la cruz; cabeza, pecho, hombros.

Он перекрестился: головой, грудью, плечами.

Y las tres mujeres siguieron su ejemplo religioso.

И три женщины последовали его религиозному примеру.

Grete, que no apartaba la vista del cadáver, dijo:

Грета, не отрывая взгляда от трупа, сказала:

"Mira qué delgado estaba, hacía tanto tiempo que no comía."

«Посмотрите, какой он худой, он так давно ничего не ел».

"La comida que le dejaba cada mañana siempre estaba intacta."

«Еда, которую я оставлял ему каждое утро, всегда оставалась нетронутой».

De hecho, el cuerpo de Gregor estaba completamente plano y seco.

На самом деле тело Грегора было совершенно плоским и сухим.

Esto era más visible ahora que estaba en el suelo.

Теперь, когда он лежал на земле, это стало еще более очевидно.

Porque su cuerpo ya no era levantado por sus piernas.

Потому что его тело больше не поднималось ногами.

Y porque no había nada más que distrajera la vista.

И потому что ничто другое не отвлекало от пейзажа.
—Ven un rato con nosotros, Grete —dijo la señora Samsa.
«Пойдем с нами ненадолго, Грете», — сказала госпожа
Самса.
Había una sonrisa dolorosa en sus labios mientras hablaba.
На ее губах играла болезненная улыбка, когда она
говорила.
Grete los siguió, pero también miró hacia el cadáver.
Грете последовала за ними, но также оглянулась на труп.
La criada cerró la puerta y abrió completamente la ventana.
Горничная закрыла дверь и полностью открыла окно.
**Todavía era temprano, por lo que normalmente el aire
estaría frío.**
Было ещё рано, поэтому воздух обычно был холодным.
Pero también había una mezcla de calidez en el aire frío.
Но в холодном воздухе также ощущалось тепло.
Como un suave recordatorio de que ya era finales de marzo.
Словно мягкое напоминание о том, что уже конец марта.
Los tres inquilinos ahora también salieron de su habitación.
Все трое жильцов тоже вышли из своих комнат.
**Miraron a su alrededor con asombro en busca de su
desayuno.**
Они с изумлением огляделись в поисках завтрака.
El desayuno fue olvidado por lo que encontró la criada.
Завтрак был забыт из-за того, что обнаружила горничная.
"¿Dónde está el desayuno?" se quejó el caballero del medio.
«А где завтрак?» — проворчал мужчина посередине.
La criada se llevó el dedo a la boca para ordenar silencio.
Служанка приложила палец к губам, приказывая
замолчать.
Y ella rápidamente y en silencio saludó a los caballeros.
И она поспешно и молча помахала рукой этим
джентльменам.
La criada acompañó a los tres caballeros a la habitación.
Горничная проводила трех джентльменов в комнату.
Y continuó explicándoles lo que había sucedido.
И она продолжила объяснять им, что произошло.

Y los tres caballeros estaban alrededor del cadáver de Gregor.

И трое господ окружили тело Грегора.

Con las manos en los bolsillos miraron hacia abajo.

Засунув руки в карманы, они опустили взгляд.

La luz de la mañana ahora había inundado completamente la habitación.

Утренний свет полностью залил комнату.

Entonces se abrió la puerta del dormitorio y apareció el señor Samsa.

Затем дверь спальни открылась, и появился господин Самса.

A un lado estaba su esposa y al otro su hija.

С одной стороны сидела его жена, а с другой — его дочь.

Para entonces el señor Samsa ya llevaba puesto su uniforme.

К этому моменту господин Самса уже был одет в форму.

Se podía ver que todos habían estado llorando un poco.

Было видно, что все они немного плакали.

Grete presionó su cara contra el brazo de su padre.

Грете прижалась лицом к руке отца.

"¡Sal de mi apartamento inmediatamente!" ordenó el señor Samsa.

«Немедленно покиньте мою квартиру!» — приказал господин Самса.

Y señaló la puerta sin dejar salir a las mujeres.

И он указал на дверь, не отпуская женщин.

"¿Qué quieres decir?" preguntó el intermediario desconcertado.

«Что вы имеете в виду?» — растерянно спросил посредник.

Y él hizo lo mejor que pudo para sonreír dulcemente al señor Samsa.

И он изо всех сил старался мило улыбнуться господину Самсе.

Los otros dos llevaban las manos tras la espalda.

Двое других держали руки за спиной.

Y se frotaron las manos con anticipación.

И они потирали руки в предвкушении.

Parecía que esperaban que se produjera una fuerte pelea.

Они, похоже, ожидали громкой ссоры.

Pero ellos parecían estar contentos con la discusión que se avecinaba.

Но, похоже, они были рады предстоящему спору.

Creían que la disputa sería a su favor.

Они считали, что спор сложится в их пользу.

"Quiero decir exactamente lo que acabo de decir", respondió el señor Samsa.

«Я имею в виду именно то, что только что сказал», — ответил г-н Самса.

Caminó en línea recta con sus dos compañeros.

Он шел по прямой линии вместе со своими двумя спутниками.

Y el señor Samsa se dirigió directamente a su caballero principal.

И господин Самса напрямую подошел к их главному джентльмену.

El caballero primero se quedó quieto, mirando al suelo.

Сначала мужчина замер, глядя в землю.

El contenido de su cabeza todavía estaba ordenándose.

Содержимое его головы всё ещё упорядочивалось.

—Está bien, nos vamos —dijo y miró al señor Samsa.

«Хорошо, мы пойдем», — сказал он и поднял взгляд на господина Самсу.

Una nueva humildad pareció apoderarse de él de repente.

Казалось, его внезапно охватило новое чувство смирения.

Y parecía estar pidiendo permiso para esta decisión.

И, похоже, он спрашивал разрешения на это решение.

El señor Samsa abrió mucho los ojos y asintió un poco.

Господин Самса широко раскрыл глаза и слегка кивнул.

Los caballeros obedecieron inmediatamente su orden.

Господа немедленно подчинились его приказу.

Y efectivamente dieron largos pasos por el pasillo.

И они действительно сделали несколько длинных шагов в коридор.

Sus amigos ya habían dejado de frotarse las manos.

Его друзья уже перестали потирать руки.

Habían estado escuchando cómo iba la conversación.

Они внимательно слушали, как проходил разговор.

Y ahora corrían tras él, como si tuvieran miedo.

И теперь они бежали за ним, словно в страхе.

El señor Samsa aún podría aislarlos de su líder.

Господин Самса всё ещё может изолировать их от их лидера.

Sacaron sus palos del contenedor.

Они вытащили свои палочки из контейнера.

Y se inclinaron en silencio antes de salir del apartamento.

И они молча поклонились, прежде чем покинуть квартиру.

El señor Samsa y las dos mujeres salieron del patio delantero.

Господин Самса и две женщины вышли с площадки перед домом.

Pero en realidad no tenían motivos para desconfiar de los hombres.

Но на самом деле у них не было причин не доверять этим мужчинам.

Se apoyaron en la barandilla para comprobar si se habían ido.

Они прислонились к перилам, чтобы проверить, ушли ли они.

Los tres caballeros efectivamente estaban bajando las escaleras.

Трое джентльменов действительно спускались по лестнице.

En un determinado recodo de la escalera desaparecieron.

В одном из поворотов лестницы они исчезли.

Y entonces la escalera los trajo de nuevo a la vista.

А затем лестница снова вывела их в поле зрения.

Esta aparición y desaparición se repite en cada piso.

Это явление, когда объект то появлялся, то исчезал, повторялось на каждом этаже.

Pero al final casi habían llegado al fondo.
Но в конце концов они почти докопались до сути дела.
Cuanto más avanzaban, más aburridos parecían.
Чем дальше они заходили, тем менее интересными
становились.
Todos regresaron a casa, como si se sintieran aliviados.
Все разошлись по домам, словно с облегчением.
Decidieron aprovechar el día para descansar y salir a pasear.
Они решили использовать этот день для отдыха и
прогулки.
Sentían que merecían este descanso de su trabajo.
Они считали, что заслужили этот перерыв в работе.
No sólo merecían este descanso, sino que lo necesitaban.
Они не только заслужили этот отдых, он им был
необходим.
Se sentaron a la mesa para escribir cartas de disculpas.
Они сели за стол, чтобы написать письма с извинениями.
**El señor Samsa escribió una carta de disculpas a su
dirección.**
Господин Самса написал письмо с извинениями своему
руководству.
La señora Samsa escribió su carta de disculpas a sus clientes.
Госпожа Самса написала письмо с извинениями своим
клиентам.
Y Grete escribió su carta de disculpa a su director.
И Грета написала письмо с извинениями директору
школы.
Mientras todos escribían, la criada llegó a la habitación.
Пока все писали, в комнату вошла горничная.
**Su trabajo de la mañana había terminado, por lo que se
dirigía a casa.**
Утренняя работа закончилась, и она собиралась домой.
**Los tres escritores asintieron al principio, sin levantar la
vista.**
Сначала все трое писателей кивнули, не поднимая глаз.
Pero la criada no parecía querer irse todavía.
Но горничная, похоже, пока не хотела уходить.

Esperó un poco, hasta que los tres escritores levantaron la vista.

Она немного подождала, пока трое писателей не подняли головы.

"¿Y bien?" preguntó el señor Samsa, enojado como los demás.

«Ну и что?» — сердито спросил господин Самса, как и остальные.

La criada estaba parada en la puerta con una sonrisa en su rostro.

Служанка стояла в дверях с улыбкой на лице.

Dio la impresión de tener buenas noticias que informar.

Она производила впечатление человека, которому есть о чем сообщить.

Pero ella no iba a compartir la noticia a menos que se lo pidieran.

Но она не собиралась делиться новостью, если её об этом не попросят.

La pluma de avestruz erguida sobre su sombrero se balanceaba ligeramente.

Вертикально расположенное страусиное перо на ее шляпе слегка покачивалось.

Aquella pluma de avestruz siempre había molestado al señor Samsa.

Это страусиное перо всегда раздражало господина Самсу.

—Entonces, ¿qué quieres? —preguntó la señora Samsa con firmeza.

«Итак, чего же вы хотите?» — твердо спросила госпожа Самса.

La criada todavía tenía mucho respeto por la señora Samsa.

Горничная по-прежнему испытывала большое уважение к госпоже Самсе.

"Sí", respondió ella y soltó una carcajada amistosa.

«Да», — ответила она и дружелюбно рассмеялась.

Por un momento su risa le impidió hablar.

На мгновение смех заставил ее замолчать.

"No tienes que preocuparte por esa cosa de al lado".

«Вам не нужно беспокоиться о том, что происходит по соседству».

"Ya he decidido cómo nos desharemos de él".

«Я уже договорился о том, как мы от этого избавимся».

La señora Samsa y Grete continuaron escribiendo sus cartas.

Госпожа Самса и Грета продолжали писать свои письма.

Pero el señor Samsa se dio cuenta de que la criada aún no había terminado.

Но господин Самса заметил, что служанка еще не закончила.

Ahora quería describir todo con más detalle.

Теперь ей хотелось описать всё более подробно.

Pero él extendió su mano para rechazar sus esfuerzos.

Но он протянул руку, чтобы отвергнуть её попытки.

Se dio cuenta de que no estaban interesados en sus planes.

Она поняла, что их не интересуют её планы.

Y entonces recordó la gran prisa en la que había estado.

И тут она вспомнила, как сильно спешила.

"Ciao entonces", dijo ella, insultada por la falta de interés.

«Пока», — сказала она, оскорбленная отсутствием интереса.

Pero antes de irse cerró la puerta de un golpe terriblemente fuerte.

Но перед уходом она с силой захлопнула дверь.

"La despedirán esta noche", dijo el señor Samsa.

«Вечером ее уволят», — заявил г-н Самса.

Pero su esposa y su hija estaban demasiado ocupadas para responderle.

Но его жена и дочь были слишком заняты, чтобы ответить ему.

Porque la criada había perturbado la paz recién adquirida.

Потому что служанка нарушила их только что обретенный покой.

La madre y la hija se levantaron para ir a la ventana.

Мать и дочь встали и подошли к окну.

Y abrazados se quedaron allí.

И, обнявшись, они остались так и оставаться в таком положении.

El señor Samsa se giró en su silla para mirarlos.

Господин Самса повернулся в кресле, чтобы посмотреть на них.

Y por un rato los observó en silencio mientras estaban allí de pie.

И некоторое время он молча наблюдал за ними, стоящими там.

Finalmente les gritó: "¿Queréis venir a mí?"

Наконец он окликнул их: «Подойдёте ли вы ко мне?»

"Olvidémonos de todas esas cosas viejas, ¿de acuerdo?"

«Давайте забудем обо всем этом старом, ладно?»

"Ven a mí y dame un poco de tu atención."

«Подойди ко мне и удели мне немного своего внимания».

Las dos mujeres hicieron lo que él les dijo y corrieron hacia él.

Две женщины сделали, как он сказал, и бросились к нему.

Le dieron un abrazo cariñoso y le besaron.

Они нежно обняли его и поцеловали.

Regresaron rápidamente para terminar de escribir sus cartas.

Они быстро вернулись, чтобы закончить написание писем.

Luego los tres abandonaron el apartamento juntos.

Затем все трое вместе покинули квартиру.

No habían salido juntos de casa desde hacía meses.

Они не выходили из дома вместе уже несколько месяцев.

Y tomaron el tranvía hasta las afueras de la ciudad.

И они сели на трамвай и поехали на окраину города.

Tenían todo el vagón del tranvía para ellos solos.

Весь вагон трамвая был в их распоряжении.

La luz del sol entraba a raudales por la ventana desde el exterior.

Солнечный свет лился в окно снаружи.

La familia se reclinó cómodamente en sus asientos.

Члены семьи удобно откинулись на спинки своих кресел.

Y discutieron las perspectivas para su futuro.

И они обсудили перспективы своего будущего.

Al examinarlos más de cerca, sus perspectivas no eran malas.

При более внимательном рассмотрении их перспективы оказались не такими уж плохими.

Los tres tenían trabajos con potencial para ganar más.

У всех троих была работа с возможностью зарабатывать больше.

Nunca se habían preguntado sobre su trabajo.

Они никогда не спрашивали друг друга о своей работе.

Pero ahora finalmente tenían tiempo para discutir esas cosas.

Но теперь у них наконец появилось время обсудить подобные вещи.

También tenían la opción de mudarse a un apartamento más pequeño.

У них также была возможность переехать в квартиру поменьше.

Esto tendría el mayor impacto en sus vidas.

Это оказало бы огромное влияние на их жизнь.

Su apartamento actual había sido elegido por Gregor.

Нынешнюю квартиру им выбрал Грегор.

Pero ahora podrían mudarse a algún lugar más asequible.

Но теперь они могли бы переехать в более доступное по цене место.

Un apartamento más pequeño, pero en un lugar más práctico.

Квартира поменьше, но более практичная.

Hablar sobre el futuro hizo que Grete se sintiera nuevamente más animada.

Разговоры о будущем снова оживили Грету.

El señor y la señora Samsa también notaron otros cambios en ella.

Господин и госпожа Самса заметили и другие изменения в ней.

Sus mejillas se habían vuelto pálidas por todas sus preocupaciones.

От всех своих переживаний она побледнела.

Pero ahora su hija se estaba convirtiendo en una bella dama.

Но теперь их дочь превращалась в прекрасную леди.

Ahora ella realmente era una joven bien formada y hermosa.

Теперь она действительно была прекрасной, хорошо сложенной молодой женщиной.

Sus padres guardaron silencio y admiraron a su hija.

Ее родители замолчали и стали восхищаться своей дочерью.

Se miraron el uno al otro comunicándose inconscientemente.

Они переглянулись, бессознательно общаясь друг с другом.

"Pronto llegará el momento de encontrar un buen hombre para ella."

«Скоро настанет время найти ей подходящего мужчину».

El tranvía había llegado a su destino y redujo la velocidad.

Трамвай подъехал к месту назначения и замедлил ход.

Su hija pareció confirmar sus nuevos sueños.

Их дочь, казалось, подтвердила их новые мечты.

Ella fue la primera en levantarse y estirar su joven cuerpo.

Она первой встала и размяла свое молодое тело.